ワンピースを着た幼馴染が可愛い

藤
ふじ
愛沙
で、
れ、
も強
「あ、康貴。良いこと思いついたわ」
高西愛沙
たかにしあいさ
徐々に康貴へ素直な好意を伝えられるようになるも、今の関係を壊してしまう可能性から告白をためらっていて……。
公園で花火をする幼馴染が愛おしい

幼馴染の妹の家庭教師をはじめたら2

怖かった幼馴染が可愛い

すかいふぁーむ

ファンタジア文庫

3025

口絵・本文イラスト　葛坊煽

幼馴染の妹の家庭教師をはじめたら

怖かった幼馴染が可愛い

osananajimi no imouto no kateikyoushi wo hajimetara

kowakatta osananajimi ga kawaii

2

真《ま》っ直《す》ぐ目を合わせることが出来ない。だって目を合わせたら、私の顔が赤いのがバレるかもしれないから。

だから私はなるべく目を見ないようにして短くこれだけ言うのだ。

「なに？」

プロローグ　幼馴染《おさななじみ》と妹の家庭教師

「……なによ」

「いや……えっと……」

愛沙《あいさ》と俺が入れ替わりで体調を崩してからそう間を空けることなく、まなみの家庭教師にやってきていた。

そう、まなみの家庭教師のはずだ。

そのはずだったんだが……なぜか部屋にはすでに愛沙の姿があった。

「あ、今日お姉ちゃん呼んだのは私ー！」

「なんでまた？」

「えへへー」

答えになってない。

愛沙はこれでいいのか？　と目を向けると勘違いした様子でこんなことを言い出した。

すごく怖い顔をしながら。

「邪魔なら部屋に戻るけど……」

「邪魔じゃない！」

「そ、そう……」

腰を浮かしかけていた愛沙が髪を耳にかけながら座り直す。

つい強めに否定してしまった。

自分でもなぜそうしたのかわからなかったが……。

「えっと……看病、ありがとう」

「え⁉」

なんとか間を保《も》たせようと思って言ったは良《い》いがこれはこれで微妙な空気になってしまった……。

「ふふーん。メイド服が良かったんですな？」

「なっ⁉」

身体《からだ》を抱くように守りながらこちらをキッと睨《にら》む愛沙。

「まあまあ、康《こう》にぃもお姉ちゃんが一緒のほうが嬉《うれ》しいもんね？」

「えっと……」

キラキラした瞳でこちらを見つめてくるまなみ。

相変わらずこちらをキッと睨む愛沙。

答えあぐねていると救世主が現れてくれた。

「ふふ。いつも頑張ってくれてるから今日はまなみがサボらないように見張ってくれる程度でいいわよ」

おばさん、と呼ぶのは躊躇《ためら》われるくらい若々しい愛沙たちのお母さんがお茶を持って部屋にやってきてくれる。

「ありがとうございます」

お茶に対するお礼と、この場を濁してくれたお礼と……。

「でもやっぱり、二人相手だと大変かしら？」

「どうして私を数にいれるのっ！」

「あらあら。まあとにかく、康貴《こうき》くんも自分の勉強しててくれて大丈夫だからね？　もうすぐ登校日もあるし」

「あ、登校日か」

夏休み中に一日だけ学校に行かないといけない日があったことを思い出す。

それと同時に、登校日提出の宿題が結構出ていたことも。

「康貴にぃは宿題終わってる？」

「登校日に出すもんはほとんど終わってるけど……」

不安なのはまなみだ。

「えへへー」

「えへへ、じゃないでしょっ！　今日中にここまで終わらせるのよ！」

「えー、お姉ちゃん厳しい……」

なるほど……。

見張ってるだけで良いと言ったのはこういうことか。

「康にぃ！　助けて！」

「あっ！　こら！」

愛沙から逃げてくるようにやってきたまなみに抱きつかれる。

その様子を見て表情を険しくする愛沙。

「やっぱり、二人相手だと大変かしら？」

いたずらっぽく微笑《ほほえ》むおばさんのその姿を見ると、やっぱり血が色濃く受け継がれているんだなと再確認させられた。

◇

「休憩！　休憩を所望します！」

なんだかんだでしばらくそれぞれが宿題の残りを片付けていたが、まなみが音を上げた。

いや、よく頑張ったほうか。

集中し始めるとまなみはすごい。実際今日も、始まったときには俺と愛沙から見れば絶望的だった宿題の残りがかなり片付いているのが見て取れていた。

「まあ頑張ってたしちょっとくらい良いか。愛沙は大丈夫か？」

「そうね」

愛沙がそう言った途端まなみが大の字に寝転ぶ。

「つーかーれーたー」

「ふふ……頑張ったじゃない」

まなみを褒める愛沙の表情は柔らかい。

「膝枕を所望します！」

多分国語の問題かなんかで『所望』がたくさんでてきたんだろうな……。

そんな様子を微笑ましく見守っていると、まなみがごそごそとこちらに寄ってきて勝手に俺の脚に頭を置く。

「おい……」

愛沙の前であんまりくっつかないでほしい……。

以前に比べれば全然とはいえ愛沙は怖いときは怖いんだ……。

「えー、だめ？　康にぃ」

「うっ……」

膝の上で仰向《あおむ》けになってこちらを見つめるまなみの表情を見ると無下に扱えなくなる……。

「あっ、そうだ。康貴にぃに良いものあげるからこれで！」

「良いもの……？」

「えっとねー……あったあった」

膝の上に乗ったままもぞもぞと携帯をいじるまなみ。

怖いから愛沙の方は見ないようにしていた。

「送った！」

「送った……？」

まなみに言われて携帯を見ると……。

「これは……」

「まさか……まなみっ⁉」

ガバッと音がなるほどの勢いでまなみの方に身体を寄せていく愛沙。

いまのまなみは俺の膝の上にいる。

そうすると当然……。

「あっ……」

近い……。

愛沙の整った顔が間近に迫ってきていた。

顔が小さい。まつげが長い。なんかふわっといい匂いが……まずい、これ以上考えるのは危険だ。

「送っちった」

俺たちが顔がぶつかりそうなほどの距離で対面してる下で、まなみがニヤッとしながらそう言う。

「康貴、すぐ消して！」

「ええっ⁉　まだちゃんと見えてな……」

「いいから消して！」

「落ち着け⁉　携帯を取ろうとするな！」

まなみから送られた画像にちらっと写っていたのは……。

「これでいつでもメイド服のお姉ちゃんが見れるね、康にぃ」

「消しなさいっ！」

「危ないから落ち着けって⁉」

携帯を奪おうと掴《つか》みかかってくる愛沙。

その様子を見て膝に乗ったまま笑っていたまなみがふとこんなことを言う。

「楽しいね」

思わず手を止めて愛沙と俺が目を見合わせた。

改めて見た愛沙の表情は真っ赤で、いつもどおりちょっと険しい顔つきでこちらを見つめていた。

「なによ……」

「いや……」

お互い何も言えなくなる。

そんな様子を見てまなみがまた笑ってこう言った。

「ねえねえ康にぃ、写真ちゃんと見て！」

「ああ……」

「あっ！　ちょっと⁉」

愛沙が追いつかないうちに画像を開いて確認した。

そこにはやはり顔を真っ赤にしながらも、まなみに言われてしぶしぶやったであろうハートマークを作ってこちらを睨む愛沙がいた。

「可愛《かわい》いでしょ？」

「これは……可愛いな」

「なっ……⁉」

思わず口をついて出てしまった。

「ふふ！　良かったね、お姉ちゃん」

「え？　えっと……もうっ！」

ぽんっと軽く俺の胸を押して愛沙が離れる。

「消さなくて……いいわ」

「いいのか？」

「消したいなら消して！」

どっちなんだ……。

「待ち受けにしちゃえば？」

「それはやめてっ！」

離れて背中を向けていた愛沙がまたガバッとこちらを向く。

「お姉ちゃんの可愛い写真は今後も定期的に送るけど、これはレアだから大事にしてねっ！」

「ああ……」

確かになかなか見られないだろう。

「ちょっとまなみ⁉　定期的にってどういうことっ⁉」

「あ、そうだ。おまけで私の写真も送ってるけど恥ずいから見るのは後にしてねっ！」

まなみがさらっとそんなことを言う。

その表情は珍しく赤くなっていて、どこか新鮮なものを感じさせていた。

登校日

「なんでこんな中途半端《ちゅうとはんぱ》な日にやるんだろうなぁ？　うちの登校日は」

前の席から気だるそうに暁人《あきと》が声をかけてくる。

確かに俺もこの意見には同意だった。

まだ夏休みも序盤。これからだというところでわざわざ集めるのは嫌がらせ以外の意図を感じられない……。

「部活やってると毎日来てるからあんま代わり映えしない気はするけどな」

「そうか？　俺はジャージで来れるか制服着せられるかだけでもなんか違うな」

暁人と俺の会話にナチュラルに交ざる隼人《はやと》と真《まこと》。

「俺たち帰宅部へのダメージは甚大《じんだい》だわ……」

そしてそれを特段気にする様子もない暁人。

というわけで珍しいメンバーで机を囲むことになる。

周囲も違和感は覚えたようだがあまり気にする様子はないみたいだった。

まあ愛沙《あいさ》みたいなアイドルと絡《から》むのとは違うから、目立つにしても敵意までは向けられないか。

「で、夏休み前半戦、ちゃんと高西《たかにし》とデートはしたのか？」

「そうそう、そのあたりの話を聞きたくてな」

お前ら……。

暁人と隼人はこのあたりウマが合うらしく意気投合した様子だ。助けを求めて真を見るが顔に気になると書いてあった。

四面楚歌《しめんそか》だ……。

「別に変わったことはない」

「なるほど、あの高西姉妹を独り占めして海に行くのも大したことではないと」

「お前……」

ニヤニヤする隼人を睨《にら》むがどこ吹く風で聞き流された。あの日はちょっと助けられた手前責めにくいところもあってそれ以上何も言えなくなる。

「やるじゃねえか康貴《こうき》」

「さあ洗いざらいキリキリ吐け！　他にどこいって何した⁉」

暁人と隼人の悪ノリで声が大きくなってきたのでとりあえず落ち着けるためにこう言うしかなかった。

「とりあえず教室では勘弁してくれ……」

◇

昼休み。

昼食スペースとして解放されているバルコニーで三人に囲まれていた。

ちなみにこの場所は誰が言ったわけでもないが暗黙の了解でスクールカースト上位専用のスペースになっている。

当然俺はこれまで足を踏み入れたことはなかったので、入っただけでなんかもうそわそわしてしまっていた。

「というかお前ら、まだ付き合ってないのか?」

「むしろ付き合ってると思う要素、なかっただろこれまで」

真の言葉を受けて振り返るが、愛沙と話し始めたのなんて本当にここ最近の話だ。それまではあれだ、たまに目があって睨まれるだけの関係。

「いや、俺たちからすると割と真面目に驚いてる」

なんで隼人まで……と思ったら暁人にまで追い討ちをかけられる。

「だよなぁ。やっぱ俺の目に狂いはなかったわけだ」

「暁人の目は結構狂いっぱなしな気がしてたんだけどなぁ……」

流石《さすが》にもう俺たちの関係が睨まれるだけのそれと違うことくらいわかってる。とりあえず一通りあったことのうち、話せることは諦めて話すことにした。

ただここ最近の交流って、こうして同級生に話せば仲のいい男女ではあるんだが――

「どうしてもこう、どんどん家族って感じになってるからなぁ」

「それは確かに……」

「正妻の風格があるな」

「家族公認だし」

これだ。いやなんか違うのもある気はするが。とにかくこのせいでどうもこう、感覚が狂うんだ。

ただこれが愛沙の望むつながりだというのなら、それをいじりたくないというのも正直なところだった。

「はっきりしたいのはあれだな。康貴、お前が高西を好きかどうかだ」

「それは……」

どうなんだろう……。

そりゃ愛沙は可愛い。ただそれは誰に聞いたってそうだ。

今俺が愛沙に抱くこの感情は、もちろんマイナスのものではない。ないんだが、何か当たり前で、家族なら当然の感情にも思えてしまう。

結局俺も俺で、自分の気持ちがわからなくなっていた。

ただとにかく、もう中学の時のような関係に戻りたくない。それだけだ。

考え込んでいたせいか隼人が変な誤解をした。

「それかあれか？　妹の方が好みか」

「なるほど……」

「やめろやめろ」

まなみのことまで考える余裕なんかない！

「とりあえずそろそろ飯食おう。時間なくなるぞ」

「そうやってごまかすから……」

「ま、休み明けの楽しみってことにしとくか」

「むしろ休み中に何回か話しようや」

とりあえず時間も時間ということで有耶無耶《うやむや》に出来たが、夏休み中何回かこのメンバーで集まることも決まった。

なんだかんだ楽しいメンバーではあるので、この手の追及以外の部分はそれなりに楽しみな自分もいた。

女子会【愛沙《あいさ》視点】

「さあキリキリ吐くがいい！」

「なんなの……」

突然腕を取られて莉香子《りかこ》に連れて来られたのは吹奏楽部の部室。部長は鍵を持たされているらしいけど、間違いなくこんなことのために持たされてるわけじゃない。

職権濫用もいいところだった。

「でも、私も気になる」

「美恵《みえ》まで……いやそれより藍子《あいこ》、あなたは止めなきゃダメでしょ……」

「私も委員長である以前に一人の乙女だからね！」

「はぁ……」

要するに逃げ場はないのね……。

「で、何を話せばいいのかしら」

「それはもちろん、急接近した康貴《こうき》くんとの仲だよ！」

「……」

康貴の名前が出てきた瞬間に自分でもちょっと顔が赤くなったのを感じた。

「別になにも……」

「ふーん？　あんな大胆な水着でアピールしてたのにー？」

「なっ⁉　見てたの⁉」

いつ⁉　それよりどっち！

海ならまなみもいたからいいとしてプールだと……。

「まあまあ……。で、それ以外にも色々してるよね？　もちろん？」

「気になる……」

ニヤニヤする莉香子と悪ノリする美恵……。助けを求めた藍子も諦めろと目で合図するだけだ。

「うぅ……」

「ほれほれ、他にどんな嬉《うれ》し恥《は》ずかしエピソードがあったのか教えなさい！」

「別に何にもないわよ！」

そう。別に何にもない。

あいつと一緒なのは今まで通り。ちょっと最近がおかしくなってただけだもん……。そう……だよね？

「ほうほーう……なるほど……」

「愛沙……可愛《かわい》い……」

「こんな乙女の表情するなんてねえ？」

なんか三人が言い始めたけどほとんど耳に入ってこない。

「で、いつから付き合ってるの？」

「付き合っ⁉」

「え……まさかあれでまだ付き合ってないの？」

「何を見てそう思ったのよ」

「いや……ねえ？」

目を合わせる三人。何なのこれ……。

「今日も仲良さそうに一緒に来てたよね」

「あれは、まなみが言うから……」

「と、言いつつ愛沙もにこやかだった」

「教室着いた途端無理してしかめっ面《つら》になってたけど」

どこまで見てるの……。

「でもまだ付き合ってなかったかぁ……そのしかめっ面を治せば康貴くんももうちょっと

ちゃんと相手してくれると思うけどなぁ」

そう言いながらグリグリおでこを指で押してくる莉香子。

「やめなさい」

「そうそう。そうやってた方が可愛……また戻った」

そりゃ好き放題やられたらそういう顔にもなる。

「でもねえ、康貴くんの前だといつもそんなだからなぁ。言われない？　怖いって」

怖い……？

「確かに愛沙、藤野《ふじの》くん見るときだけやたら表情かたいもんね」

「うん……」

藍子と美恵にまでそう言われる。

確かにちょっと緊張することはあったけど、最近はそうでもなかったはず……だよね？

「そんなに顔、ひどい？」

そう確認すると何故《なぜ》か莉香子が呆《あき》れたような表情になる。

「その顔を見せてあげればイチコロだと思うんだけどなぁ……」

「うん……愛沙、可愛い」

そんなにひどかったかな……？

でも康貴は大丈夫だよね？　前からこの顔だし……えっと……。

「まあでも、真面目になんとかしなきゃねー」

「もう愛沙から攻めないとダメなんだろうね……」

莉香子だけじゃなく藍子まで……。

「攻めるって言っても……」

「ふふふ……迷える子羊のためにひと肌脱いであげますか」

「いや、莉香子の案は怖いからいいけど……」

「なんでよー！」

その後もやいやいアドバイスという名目で弄ばれきって、解放されたのは結構経《た》ってからのことだった。

女子会に巻き込まれて

「康貴《こうき》……その……ごめん……」

「突然どうした」

家庭教師のあと、いつもなら来ない見送りに来たかと思えば、愛沙《あいさ》がなぜかとても申し訳なさそうに俺に言う。

「どうしても断りきれなくて……その……みんなで出かけるとき、康貴も来てほしくて……」

「みんな……？」

「うん。えっと……莉香子《りかこ》と美恵《みえ》と藍子《あいこ》と……」

「いつものメンバーか」

「うん」

うつむいて申し訳無さそうにする愛沙を見て不思議に思う。

別にそんなに気にすることだろうか？　と。

だが間違っていたのは俺のほうだった。

「どうせ隼人《はやと》たちも来るんだろ？」

「んーん。その日はその……女子会、だから」

「なんで……？」

何故か俺は女子会に参加することになってしまったようだった。

◇

「お、来たねー！　康貴くん！」

「秋津《あきつ》……俺はなんで呼ばれたんだ……」

「そーんなの決まってんじゃーん。女の子の買い物に付き合うんだから、荷物持ちです！」

「ごめんねぇ、藤野《ふじの》くん、無理言っちゃって」

「東野《とうの》……。いやそれはもう良《い》いんだけど……」

俺が気にする素振りを見せればその瞬間愛沙の表情が曇る。

だから俺は努めて気にしない素振りを続けていた。

「ま、なんだかんだこんなハーレムで出かけられることなんてないんだしさっ！　役得役得！」

「いやいや……」

秋津がそう言いながらぱしぱし俺の腕を叩《たた》くので、とりあえず距離を取っておいた。

そういうのはまなみだけで間に合ってるからな……。

「まあ、よろしく」

「加納《かのう》か。よろしくな」

そんなこんなで、何故か場違いな俺を交えたまま女子会とやらが始まってしまった。

愛沙はやはり、終始申し訳なさそうにしていた。

「今日はたっくさん買うぞー！」

「私も莉香子に選んでもらおうかな」

「おー、藍子くらい美人だと選びがいがあるなぁ」

「ちょっと、変な手つきで近づかないで」

おっさんみたいなことをしている秋津とそれに付き合う東野。

加納はマイペースに一人で歩くので、結果的に俺は愛沙の横を歩くことになる。

まあクラスメイトとはいえこれまでほとんど交流のなかったメンバー、ましてや女子だ。

こうして付き合いの長い愛沙が横にいてくれるのはありがたかった。

「ごめんね？」

「もう来たんだから気にしないでくれ。それより俺がいたせいで楽しめなかったってなるほうがいやだからさ」

「そっか……そうだよね。うん……よしっ！　切り替えた！」

ペチペチと軽く頬を叩くと愛沙がそう言って表情を明るくする。

空元気という感じがすごいがまあ、そうやっているうちに楽しめるようになってくれればいい。

「ほらほらー！　お二人さんもはやくー！」

「ごめんごめんー！」

いつの間にか距離が開いていた秋津たちに呼ばれる。

「ほら康貴、行こ？」

自然な感じで愛沙は手を出し、俺を引っ張ってみんなのもとに走っていった。

「お、おい愛沙」

「せっかくなら康貴にも服、選んでもらおうかしら」

少し前のデートを思い出させるようなことを言いながら、愛沙は楽しそうに笑っていた。

切り替えてくれたのだけは良かった。

「にしても、あんな自然に手つないじゃうもんなんだねえ」

「う……うるさいなぁ、いいでしょ！」

「いやいや、別に責めてないんだけどさー。ねー？　藤野くん？」

「なんで俺に振ったんだよ」

◇

午前中を使っていくつかの店を歩いたあと、昼前の混んでいない時間を狙ってカフェに入っていた。

女子はパンケーキとかでお昼は良いらしい。

俺は絶対足りないのでハンバーグを頼んでおいた。

良かった、普通のメニューもある店で。

「いやーどうなるかと思ったけど打ち解けてくれてよかったよー」

秋津がそう言いながらパンケーキを頬張る。

「荷物持ちって言う割にそんな買わないんだな」

ここまで買ったのは秋津の靴くらいでそれも自分で持っているくらいだった。

「あー、藤野くん、本番はこれからだから……」

「え？」

東野の言葉の意味が掴《つか》みきれず愛沙の方を見る。

「なによ……私のときはたしかに午前中からたくさん買ってたけど……」

「あれ？　愛沙がすぐ決めるなんて珍しいね。よっぽど気に入らないと最後まで迷って何なら次の日に買いに行くようなタイプなのに」

「そうだったのか？」

割と即断即決だと思ってた。

その様子を見ていた秋津が俺の方を見てすかさずこう言った。

「ははーん。よほど良い決め手があったわけね」

「なっ！　ちがっ！　そうじゃなくて！」

焦《あせ》る愛沙。

って、これは俺も顔が赤くなりかねない。

それって要するに、俺が良いって褒めたから買ったってこと……だよな？

「はいはいー。まあ今日はこうやって男子の目線も取り入れられるし、午後はどんどん買い物しましょ！」

変な空気になりそうなところで東野がまとめてくれていた。

秋津がからかって愛沙が慌てて、東野がまとめる……で、その様子を眺める加納と。

口数は少ないけど加納もなんだかんだ楽しんでいる様子だけは雰囲気でわかるようになってきていた。

◇

「えっと……」

「ここに座って出てきたら感想を言えば良いだけ」

試着室の前に置かれた椅子に座って加納と喋《しゃべ》る。

落ち着かない。

パンケーキを食べてから「本番！」と言い始めた女子たちに連れられ気づけばこんなところにいたがこれ、俺いて良いのか……？

女性用の服屋というだけで落ち着かないのに試着室の前に座らされているのだ。

布一枚隔てた先で三人が着替えている。

広いんだな……女性用の試着室って。

「加納は良かったのか？」

「私がいないと困る、でしょ？」

きょとん、と首をかしげてそう言う加納。

確かにここで一人取り残されるのは困る。

意外というと失礼だが、興味がないように見えて周囲に気を配ってるのが加納らしい気がした。

「そうか。楽しみにしてる」

「私もあとで着る」

「ん……」

それだけ言うとまた興味なさげにそっぽを向く加納。

口数は他の三人と比べると少ないものの、なんとなくコミュニケーションが取れてきたのは良かった。

そんなことをしていると中の様子が騒がしくなってくる。

「ちょっと⁉ 私こんなの持ってきてないわよ！」

「えー、いいじゃん。愛沙ならきっと似合うって」

「もう……私は普通のが……」

「ほらほら、早くしないと開けちゃうよー」

「待っ⁉ 私まだ着てない！」

「今開けたら康貴くんにこの可愛《かわい》い水色の下着が見られちゃうわけかー」

「ちょっと莉香子！　色言わないで！　というか莉香子もまだ下着じゃない！」

「私は今日一番お気に入りのだからまあ見られちゃっても……ごめんってばそんな怖い顔しないで」

他に客がいなくてよかった……。

そして店員さんも近くにいなくてよかった。

「水色だってね？」

「勘弁してくれ……」

「そういえば私も青系だったかも……？」

「ほんとに勘弁してくれ……」

加納にまでからかわれながら三人を待つことになった。

◇

「じゃーん！」

「どう？」

東野と秋津が出てくる。

女性ものの服なんてろくにわからないが二人とも愛沙とはタイプが違うが顔が良いので割と何を着ても似合う。

ここまですでに何度かこのやり取りをしてるんだが、改めて二人にこう言った。

「似合う」

「もー、藤野くんそれしか言わない」

ちなみに愛沙は三回目あたりで参加するのを止《や》めていた。

入れ替わるように加納も入ったんだが、俺に見せることなくいつものパーカー姿で出てきたりしている。

「だから言ったじゃない。康貴は何でも似合うしか言わないって」

「そう言われたからって全部買う愛沙もなかなかすごいけどね」

「なっ……康貴！」

「それは八つ当たりだと思う⁉」

何故《なぜ》か愛沙に睨《にら》まれる。

「まあまあ、さっきより康貴くんの目が釘付《くぎづ》けだからこういうのが好きなんじゃない？」

「おー、よく見てるね、莉香子」

「うんうん。多分康貴くんフェミニンなのよりガーリー系のほうが好みだよね」

なんだそれ呪文か……？

「私その違いあんまりわかってないんだけど」

「ようするにまあ……ちょっと幼く見えるほうが好みっぽい？」

「……ロリコン？」

「こらっ！　美恵！」

東野が補足を求めてくれたおかげで意味がわかるようになったが、いっそこれならわからないほうが良かったかもしれない……。

「そうなの⁉」

何故か隣にいる愛沙に詰め寄られる。

「いや濡《ぬ》れ衣《ぎぬ》だ！」

そんなこと意識したこともなかったしそもそもこれは服の話だろ⁉

「というか莉香子、それを視線だけで判断してたの？」

「あれ？　藍子は感じなかった？」

「全然……」

そんな会話をしてる横で愛沙がブツブツと「ガーリー……ガーリーコーデ……ロリコン……」とかつぶやいている。怖い。そして最後のは冤罪《えんざい》だ。

「まっ、というわけでこれは買いだ」

「なんだかんだ結構買うよねー。大丈夫？」

「うん。このくらいは大丈夫。私あんまり買い物こまめにしないしさー」

秋津らしさの出る言葉な気がした。

「それに今日は荷物持ちくんまでいるんだから甘えないとっ！　あ、お礼にちょっとだけ見せてあげよっか？　着替え」

「康貴っ！」

「俺じゃなくて秋津を怒ってくれ⁉」

そんなこんなで色々連れ回されながら買い物は進んでいった。

ちなみに愛沙はそれ以降、ちょっと少女っぽいイメージの服ばかりを追加購入していた。

◇

「いやー買ったねー！」

「ん……満足」

東野と加納も紙袋いっぱいに服を買い込んでいた。

それでも二人はまだ控えめなくらいだった。

「ほんと、よく買ったよねー」

「莉香子だっていっぱいじゃない！」

「ま、私も貴重な男子の意見が聞けてありがたかったからさ」

こっちの二人はそれぞれが東野と加納の分を足した量より多かった。

当然持ちきれないので俺が抱えてるんだけど……。

「康貴くんありがとねー！」

「ああ……」

荷物持ちとしての役目は果たせて良かったと思うことにしよう。

「それにしても……愛沙はほんとにたくさん買ったねー」

俺から荷物を受け取りながら秋津が言う。

実際愛沙が買った量は今日圧倒的に多かった。

「康貴くん。次からもうちょっと絞ってあげないと、愛沙破産しちゃうよ」

ぱしぱし俺の肩を叩《たた》きながら秋津がそんなことを言い出す。

「ちがっ！　これは……たまたまで！」

「はいはい。今日はしゃべるとボロが出るからこの辺で」

「もうっ、藍子まで……」

った。

「愛沙、わかりやすい……」

最後は加納にもそう言われ、これでもかと言うほど愛沙は顔を真っ赤にしながらこう言った。

「違うから！　勘違いしないで！　わかった⁉」

「えーと……わかった……」

「ふんっ」

そう言いながら顔をそらす愛沙が可愛い。

顔を真っ赤にして怒っているその顔が照れ隠しであることに、ようやく自分が気づけた瞬間だった。

バーベキュー　前編

「不思議な感覚だな……このメンバーでいることに違和感を感じなくなってきた」

「そりゃ良《い》いことじゃねえのか？」

隣で突っ立って笑う暁人《あきと》。

俺たちはいま河原にいた。

隼人《はやと》と、真《まこと》と、愛沙《あいさ》と、秋津《あきつ》と、東野《とうの》と、加納《かのう》。

「いや、夏休みにはいる前は遠い世界に思えてたからな」

「まあそりゃ勝手にお前がそう思ってただけだろ。あいつらは……特に高西《たかにし》さんに関しちゃ――」

「おーい。暇そうな男子ーず！　ちゃんと仕事しろー！」

暁人の言葉を遮るように秋津が叫ぶ。

「一緒にすんな！　俺はちゃんとビーチボール膨らませてるだろ！」

「あっ、おい裏切ったな」

「お前はほんとに突っ立ってただけじゃねえか！」

「いいからさっさとやれー！」

なんでこんな事になったかと言うと……。

◆

「ねえ、康貴《こうき》」

「ん？」

登校日も終わり、いつもどおりまなみの家庭教師に来て、なんだかんだそのまま晩ご飯を一緒に食べることになった高西家で、愛沙がわざわざ部屋に俺を呼んでこう言った。

「この日、暇かな？」

カレンダーを指差しながら聞いてくる愛沙。

なんかあった日だろうかと考えを巡らせるが特に何も思い浮かばなかった。

「多分暇だけど」

「そっか。じゃあさ、バーベキューやるみたいなんだけど……どうかな？」

「バーベキューって、高西家でか？」

こういうときはまなみから誘ってくるかと思ってたけど、またなんか言われてるんだろうか。

そんな事を考えていたが想定外の名前が出てきた。

「えっと……莉香子《りかこ》がどうしてもみんなで集まって遊ぼうって言ってて」

「莉香子？　ああ、秋津か……みんなってことは……？」

また女子会かと身構える。

「女子は藍子と美恵が来る。あ！　今回は男子もいるよ！　いつものとしか聞いてないけど……」

「いつもの……」

隼人と真だろう。

「で、康貴が行くなら行くんだけど」

「え？　愛沙が呼ばれてるんだろ？」

「一人なら行かない」

「なんでだ……」

「で、どうする？」

なんで一人だと行かないんだ？

というより……。

「愛沙はどうしたいんだ？」

「えっ。えーと……康貴が行くなら行きたい」

「なんでまた……」

元々は俺なしでも仲が良いメンバーだったと思うんだけど……。

そんな考えを表情から読み取ったのか、愛沙が顔をそむけてこう言った。

「河原でやるから……その、水着になるし……そういうときは私、参加してなかったから
……」

「そうなのか」

意外だ。

ああでも学校内ではよく話しているイメージだったが、外でまで男女で集まったりはほとんどないって隼人が言ってたな。

特に愛沙は付き合いがあんまり良くなかったとか。

他のメンバーより時間はあった気がするけど……まあいいか。

「康貴がいるなら行く」

「えっと……」

ちょうどその時携帯に通知が来た。

『高西さんを連れ出すのはお前に任せた。代わりに当日の女子の水着姿はいくら眺めてて

も何も言わないでおいてやる』

晩人……。

「どうしたの？」

「いや……」

なんか後ろにおかしなことが書いてあるが、晩人も呼ばれている上でこういう書き方をしたということは、俺と愛沙もいたほうが良いってことだろう

「行くよ。一緒に行こう」

「そ、そう？　じゃあ行くわ！」

ソワソワしながらもちょっと嬉《うれ》しそうな表情の愛沙を見て、選択が間違ってなかったことに安堵《あんど》する。

晩人のメッセージを見られると変な誤解を生むだろうからすぐに削除しておいた。

◇

「にしても、よくやったな。ちゃんと連れ出してくるとは」

晩人はからかう気満々の声でそう言う。

そして真がそれに乗っかった。こちらはまったく悪意なくだが。

「高西がこういう集まりに来るのってほんとに珍しいからな。ありがとな」

「ほんとにそうだったんだな」

「ああ。なんかこう、学校外での人付き合いは必要最低限って感じがしてた。その点加納の方が参加率良かったくらいだからな」

「加納……あいつこそ忙しそうなのにな」

フィギュアで将来を期待される選手……だと思う。

全国大会に出るくらいなんだからそうだろうし、実際学校が終わってすぐ練習に向かう姿もよく見ていた。

そんな加納より参加率の悪い本来時間があるはずの愛沙……。まあ今は考えないでおこう。

「まあ加納はああ見えて結構人懐《ひとなつ》っこいというか……人といるのは好きだからな」

「そうなのか」

意外だ。

加納が人懐っこいということ以上に……。

「真って加納とそんな仲良かったのか」

俺の思いを代弁するように暁人が声をかける。

「いや……まあ……」

言い淀《よど》む真の代わりに隼人が口を挟んだ。

「なんだかんだで真はよく見てるからな」

「隼人はどちらかというと見られる側だからな。特に東野に」

「ほう？」

「そもそも俺らが絡《から》み始めたのって隼人が東野に目をつけられたからじゃないか？」

意外な一面を見た気がする。

「にしてもまぁ、学年で見渡してもトップクラスのミスコン候補者たちが水着姿で並んでるのは壮観だな」

晩人の言葉で思わず四人のほうを見てしまう。

ラッシュガードを身に着けているとはいえ、いつもと違う服装で新鮮なのは間違いない。

そんなことを考えていると何を思ったか隼人がこんなことを言い出す。

「心配しなくても高西のほうはあんま見ないようにしてるからな」

「はっ⁉」

「いや、だって見られるのは嫌だろ？」

「えっと……」

つい考え込んでしまう。

確かに愛沙の水着姿を他の男が見るのはまぁ……モヤッとしたものがあることに自分でも驚いた。

黙ってしまったせいで暁人が騒ぎ出す。

「おっ。否定しないなら俺はガンガン見るかな」

「やめろお前は見るな！」

「おいやめろ押すなって⁉」

——バシャーン
「あ……」

「ぷはっ……このやろ！　お前も落ちろ！」

川から這《は》い上がってきた暁人が笑いながら俺のことも落とそうとしたところで、向こうで調理準備をしていた女子から声が上がった。

「こらー男子ー！　さぼるなー！」

東野の声に思わず顔を見合わせる俺たち。

「あんな委員長っぽい委員長、いたんだな」

考えていることは同じだっただろう。

だが最初に口に出したのが暁人だけだった……。

「あっ、滝沢《たきざわ》くんがなんか私の悪口を言った！」

「地獄耳か⁉」

「やっぱり言ったんだ⁉」

みんなのために犠牲になってもらうとしよう。

真と隼人と目を合わせてうなずきあった。

「墓穴を掘ったな」

暁人にそう声をかけた隼人だったが、この場では何か喋《しゃべ》る度にボールがパスされてしまうらしい。

「違うぞ！　隼人が言った！」

「えっ⁉」

突然巻き込まれた隼人。

恨みがましく暁人を睨《にら》んだあと俺と真を見るが、俺たちはさっきの様子を見て口を閉ざしていた。

「もー！　どっちでも良《い》いからはやく拾った木を持ってこないと、いつまでも火がおきないよー！」

「わかったよ」

口だけで済む委員長が言ってくれているうちに動くとしよう。

「秋津がいたら手が出てくるからな」

「ほう？　私そんな暴力的じゃないと思うんだけどなぁ？」

「いつの間にっ⁉　だったらこの首を絞めてる腕を離してから言ってくれ……」

暁人がまた墓穴を掘っていた。

◇

「愛沙、大丈夫か？」

「えっ？」

バーベキューが始まってしばらくすると、愛沙は一人で川に足を突っ込んでぼーっとしはじめていた
「自分でも言ってたし隼人たちから聞いたけど、こういうの苦手なのか……？」

俺も愛沙の横に腰を下ろす。

すこしひんやりした川の水が気持ちよかった。

「えっと、そういうわけじゃないんだけど、ね？」

「ね？　と言われても……」

だめだ。最近ちょっとずつ理解しかけたと思っていた愛沙のことがよくわからない。

そういえば家族で会うことはあっても、愛沙とこうして学校のメンバーで会う機会は少なかったかもしれないな。

少なくともこれまで集まってたときは、そんな事考える余裕などなかった。

「んーと……はぁ、まなみみたいに出来たら良いんだけどね」

「勘弁してくれ。愛沙までまなみみたいになられたら困る」

「あはは。確かに。二倍大変になっちゃうわね」

それでなくても手に負えないというのに……。

「まあでも、羨ましいと思うときはあるわね」

「まなみも同じこと思ってそうだな」

「ふふ。姉妹だからそうかもしれないわね」

愛沙はそう言いながらパシャパシャ水を蹴り始める。

「まなみがやったらどうなったかしら」

「俺をびしょびしょにしてたか、そのへんの魚が引っかかって蹴り飛ばされたかもな」

「流石《さすが》にそこまでは……ないとも言い切れないわね」

まなみは底のしれないやつだった。

「私ね、正直あんまりクラスでどう振る舞ったら良いかわかってないのよね」

「そうなのか……？」

俺が遠目に見ていた愛沙は、品行方正成績優秀な誰が見ても優等生の完璧美少女だった。

だというのに……いや、そうだからこそ、か。

「とにかく自分をよく見せなきゃって思って動いているうちにこうなったから……こうやって誘ってもらっても、どうしたら良いかわからなくなるのよね」

「なるほどな」

しかし……。

「なんでまたそんな、自分をよく見せようなんて考えたんだ？」

昔の愛沙はお転婆そのものだった。

自分の気分で俺とまなみを振り回すことも多かったというのに……。

「それは……」

言い淀む愛沙。

「それは？」

「……自分で考えて。ばか」

「えっ」

「あー！　よしっ！　やりたいようにやることにするわっ！」

それだけ言うと、川につけていた足を思いっきり引き上げて愛沙が立ち上がる。

「ぶわっ……おい……」

「あはは。ごめんごめん」

その勢いで発生した水しぶきが全部こっちに降り掛かってきた。

「康貴！　お肉が食べたいわ！」

焼いてこいってことか。

「はいよ」

「ふふ」

「なんだよ」

理由はわからないままだが、突然楽しそうになった愛沙を見てホッとしている自分がいた。

愛沙の表情が曇ったままだと落ち着かないのは、俺も家族だと思い始めたからだろうか……。

「楽しいわね」

そう言って笑う愛沙は少し、昔の姿を彷彿《ほうふつ》とさせていた。

勝ち気で少しわがままだった愛沙を思い出す。

そういえば海に行く約束をしたときも、そんな愛沙のわがままからだった気がする。

愛沙《あいさ》のわがまま【幼少期エピソード】

そう言って騒ぎ出した愛沙を止めることができる人間はいなかった。

「うみに行きたい！」

「海は遠いからまた今度、ね？」

「やだ！　行きたいの！」

母親の言葉も耳に届かない。

「わがまま言うな愛沙。もうお姉ちゃんなんだから」

「むっ……私はお姉ちゃんじゃない！　あいさだもん！」

そしてこの父親の言葉が引き金になって……。

「もうしらないっ！」

「あっ！　愛沙！」

怒った愛沙を怖がったまななみが両親に抱きついていたせいで、愛沙に追いつける人間は

その時、俺しかいなかった。

「康貴《こうき》くん、悪いけど……」

「だいじょうぶだよ！　おじさん！」

愛沙の父親にそれだけ言って俺も愛沙のあとを追いかけて走り出した。

今考えるとあの当時の愛沙、めちゃくちゃ運動神経良かったんだな……。さすがまなみの姉といったところだろうか。

男の俺が全然追いつけないスピードで走り去る愛沙。追いつけないどころか途中からは姿さえ見失う始末だった。

それでも泣き声だけはずっと響いていたおかげでなんとか後を追うことができた。

商店街。

住宅地。

林の中。

あらゆる場所を駆け回って、結局愛沙は家からそう離れていない公園に走り込んでいた。

「ぐすっ……」

土管のようにくり貫《ぬ》かれた遊具の中でしゃがみこんで泣く愛沙にようやく追いついた。

「よぉ」

「こうき……？」

愛沙が泣いてるのを見てなんて声をかけたら良いかわからなくなって、その場に立ち尽くすことになった。

だが愛沙は俺を味方だと思って引きずり込もうとしてきていた。

「こうきもうみ、行きたいよね？」

「えっ……」

「むっ……」

「行きたい！　行きたいよ！　うみ！」

「よろしい」

そうか。

このころから愛沙のこと怖がってたのか……俺。

「でも、うみってすげー遠いんだろ？」

「うん……だからおとーさんに車で連れてってほしいの」

「いまから？」

「いまから！」

無茶苦茶だった。

もう夕日も見え隠れしているような時間にだ。

「行きたいの！」

「うーん……」

愛沙の気持ちはわかる。

だがそれが実現できないこともまた、よくわかっていた。

今ならわかるがこのときの愛沙は多分、まなみにばかり構う両親に対していじけていたんだろう。

だから両親の代わりにやってきた俺が構うことで、ほとんど愛沙の中で問題は解決していたんだ。

俺の話に乗ったのは、そういう理由だったかもしれない。

「よしっ！　じゃあおれがつれていってやるよ！」

「ほんとっ⁉」

目を輝かせる愛沙。

「ああ！　やくそくだ！」

「うんっ！　こうきといっしょにうみに行く！　やくそく！」

指切りをする。

愛沙はすっかり泣き止《や》んで、遊具の外を夕陽が赤く照らしていた。

「やくそく」

そう言って小指を絡《から》めたまま家まで帰った愛沙。

結局十年ごしになってしまったが、この夏約束は果たされたわけだ。

それでもまあ、まなみに連れ出されてようやくというのが情けない話だが……。

まあどんな形でも、約束を果たして海に連れていけたことだけは良かった。

◇

「何してるのよ？　早く行きましょ」

「ああ……悪い」

「ふふ。懐《なつ》かしいわね。なんか」

楽しそうに笑う愛沙が懐かしがっているのは家族で行ったバーベキューのことだろう。

「ああ、懐かしいな」

俺は今の愛沙が、あの頃に重なって懐かしく感じていた。

バーベキュー　後編

「おや、康貴《こうき》くん」

「秋津《あきつ》か」

「康貴くんもトイレかー。一緒に行こう！」

一切恥じらいなど感じさせないところが秋津らしいというかなんというか……。

まあいいか。

河原は時期によって花見客やバーベキュー客がよく来るから公衆トイレがあるんだが、河原の上の駐車場の方に向かわないと行けないから距離があるのだ。

「で、愛沙《あいさ》とはどんな感じ？」

「どんな感じって……見たまんまだぞ？」

「えー。もっとこう、なんかさ、ひと夏の思い出みたいなの、ないのっ⁉」

どんな期待を持たれてるんだろう……。

「おっかしいなー。私の読みだともうチューくらいはしたかと思ってたのに」

「はぁっ⁉」

「あはっ。その反応はまだまだってことだなー」

「そう言っただろ!」

ほんとに秋津は……。

ただなんとなくまなみと同じ感じがするおかげか、こうして気兼ねなく話ができるのは
ありがたいところだった。

なんだかんだ気も遣ってくれるしな。

「あっ! もう着いた!」

「話してるとあっという間だな」

「よーし。じゃあ帰りも待ち合わせはここで!」

「えっ」

返事も待たず走り去る秋津。

まあいいか。俺のほうが早いだろうけど待つことにしよう。

◇

「なんでもういるんだ」

「もー遅いよー、置いてかれたかと思っちゃったじゃん」

あれ？　普通トイレって女子のほうが遅くないか……？

俺もそんなに時間をロスしてなかったと思うんだけど……。

「さっ！　戻ろ戻ろー！　はやく康貴くんを愛沙に返してあげないと」

「俺はいつから愛沙のものになったんだ……」

「ふふーん。あ、そうだ」

突然立ち止まってこちらを振り返る秋津。

「ちゅー、したことないなら練習でもする？」

「馬鹿かっ！」

「あはっ。怒られたー」

ほんとにまなみみたいなやつだな……。何を言い出すかわかったもんじゃない。

軽く睨《にら》んでおくとちょっと反省した素振りは見せたが、すぐにケロッとしてこんなことを言い出した。

「まあさ、私のは冗談にしても、早くしないと愛沙のほうは奪われちゃうかもしれないよね」

それは……ありうるか。

愛沙はあれだけ魅力がある。今の俺はただの幼馴染《おさななじみ》で……いやただの幼馴染ではないにしたって、それ以上ではない。

何があったところでなにも言えないのか。

「おっ。そんな顔しちゃうってことは結構本気なんだねー」

秋津の言葉でハッと我に返る。

しまった……。

「うるさい」

「あはっ。まあほら、早く戻ろ」

「そうだな……あ、そうだ」

「ん？」

ちょっと意趣返しだ。

「秋津はそういう相手、いないのか？」

「えっ⁉ 私っ⁉ えっ、えーっと……い、いないよ？」

下手くそか！

目が泳ぎまくってるじゃないか。

「まあ誰かは聞かないでおくけど……秋津なら相手も喜んでくれるんじゃないか？」

「ふふ。口説き上手だなぁ。康貴くんは」

「いや……」

「まっ、私よりはそっちが早そうだね」

「どうだろうな」

愛沙との距離を考える。

縮まったのか、元に戻っていってるだけなのか。

そして愛沙がどんな方向を目指しているのか、自信が持てないところだった。

そんな俺に秋津はこう言った。

「康貴くんがどうしたいかで考えたら良《い》いんだよ！」

「俺が、か」

「そうそう！　康貴くんは割と周りに合わせてあげるタイプだけど、こういうのは自分の気持ちに素直になるべしっ！」

なるほど……。

でもそれを言うなら……。

「秋津こそ、周りに気を遣いすぎだ」

「あれっ？　私が諭されてる⁉」

そうこうしているうちに河原にたどり着く。

「おっ！　お二人さん、焼きそばできるぞ」

「というか遅かったな？　二人で何かしてたのか？」

「なんもしてないわ！」

隼人《はやと》と真《まこと》に答えながら河原に下りていく。

遅くはないだろ。時間もかかってないんだから。

「いやーでも水着女子と二人っきりで何もないのかぁ？」

暁人《あきと》が俺の肩に手を乗せながらそんなことを言う。

その一言は俺よりもむしろ愛沙に飛び火したらしい。

「康貴、何したの？」

久しぶりに本気で睨まれた気がする……。怖い。

「な、何もしてない。トイレ行って戻ってきただけだ」

「……そう」

「まあ、ちゅーの話はしてたけどね」

「おい秋津っ⁉」

何でついたかわからない火に油を注ぐ秋津。

愛沙の表情が一段と冷たくなる。

「そう……」

「いや待て。秋津、どうするんだこれ」

「今日は康貴くんが連れてきたから康貴くんがなんとかしたら良いと思いますー！」

さっきの意趣返しと言わんばかりに秋津が俺にほっぽり出した。

ほんとにどうするんだこれ……⁉

と思っていたら愛沙が突然吹き出した。

「ふふっ」

「なんなんだっ⁉」

「康貴が戻ってきたらちょっとからかおうって話してたんだけどね、こんな焦《あせ》ってくれると思わなくて」

「お前なぁ……」

いやこの場合怒るべきは……。

「暁人……」

「なんでこんなに候補がいる中で俺をピンポイントで⁉」

「お前くらいだろ！　この中でそういうことをやるのは！」

「すごい信頼だな……まあ認めよう。俺が主犯だ」

とりあえず暁人を川に投げ込んでおいた。

「ふふ。仲良いわよね。滝沢《たきざわ》くんと」

愛沙が笑いながら近づいてくる。

そして俺にだけ見えるように顔を向けてきて、改めて聞いてくる。

「で、莉香子《りかこ》と何話してたの？」

「あれ？　さっきのって演技だったんじゃ……」

「ちゅ……キスの話なんて女の子とそうすることないと思うんだけど……」

「えっと……」

愛沙の表情はどこまで演技かわからないほどに怖かった。

愛沙が何に怒っているのかについてはまだ、考えないようにすることにした。

お墓参り

「おばあちゃんとこにお墓参り行くから準備しなさい」

「え？　今日？」

部屋でくつろいでいたら母さんに突然そう告げられた。

「そうよ。って、あら？　あんた何も聞いてなかったの？」

「いや……え、何を？」

突然のお誘いに困惑する。

今日は家庭教師ではないんだが、まなみに予定を開けておくように言われていたんだけど……。

ああ、そういうことか。

「高西《たかにし》家も同じ方向、というよりすぐ近くだから一緒に行くの」

「わかったよ」

まなみ……。

今度から予定を開けろと言われたときは何をするのかまでちゃんと聞いておこうと心に

誓った。

◇

「あ、康貴《こうき》にぃー！」

「まなみ……似合うな」

「えへへー！」

大きい麦わら帽子をかぶってワンピースを着たいかにも夏らしい格好でまなみが手を振っていた。

ほんとこう……夏休みの子どもそのまんまだった。虫あみとかも似合いそうだな。まなみのことだからあとで持ってくるだろう……。

「康貴……」

声をかけてきた愛沙《あいさ》。

こちらもつばの大きな帽子をかぶってワンピースが風になびいている。

後ろからまなみが「ほ・め・ろ」と口パクで伝えてきていた。

「愛沙もその……似合ってるな」

「ありがと……」

愛沙はさっと顔を隠すように帽子を押さえ向こうを向いてしまったが、まなみが満足気にうなずいているので正解だったんだろう。

こちらもまなみとは全く違う意味で夏らしい格好だった。

なんというか……なんかのポスターとかになりそうなくらいだ。

「あんたー。愛沙ちゃんに見惚《みと》れてないでしっかり掃除しなさいよー！」

「わかってるよ」

母さんの茶々に付き合うとろくな目に遭わないのでスルーしておく。

ここはもう山の中と言っていいレベルの田舎。周りにあるのは森と田んぼとお墓だけだ。

ちなみに両家のお墓は本当にすぐそばに建てられている。

母さんたちが幼馴染《おさななじみ》みたいなもんなんだろうな。あんまり詳しく聞いてないから知らないけど。

両家ともに父親が出てこれない日程だった……というより母方の墓だから最初から父親たちに日程を合わせる気がなかったようで、男手は俺だけだ。

「ごめんね、康貴」

「いや、どうせ一個やるのも二個やるのも一緒だから」

「ふふ。康貴くんがうちのと結婚したら親族だもんねえ」

「ちょっ、母さん⁉」

突然現れて爆弾発言を落としていく高西母。

突っ込むとやぶ蛇になりそうだから何も言わずに両家のお墓を掃除して墓参りをした。

旧姓なんだし結婚したってちょっと遠い気もするんだけどな……？

それでも何故《なぜ》か妙に緊張しながら墓参りをする羽目になっていた。

◇

「あ、康貴にぃおかえりー」

「ただいま……あれ？　ここうちのばあちゃんの家だよな？」

あの後俺は畑仕事の手伝いにも駆り出されてようやく帰って来たわけだが……。

なんで当たり前のようにまなみがくつろいでるんだ？

「あはは。うちのおじいちゃんとおばあちゃん、私たちが来るの忘れて出かけちゃってたみたいでさー。こっちでゆっくりしなーって言われて……」

「そういうことか」

まあ田舎特有のだだっ広い平屋だし、人が増えても困らないのは確かだった。

「にしし。お姉ちゃんいま、お風呂《ふろ》入ってるよ？」

「そうか」

「えー、なんかリアクション薄いー！」

まともに取り合うと馬鹿を見るのはこっちなんだ。いちいち反応してられるか！

まなみがなにか言う前に話題を変えよう。

「母さんたちは？」

途中で畑仕事を俺に押し付け……任せっきりにして先に帰った母さんとばあちゃんの姿が見えないのだ。

「台所にいるんじゃないかな？」

ほんとに広い家だなと改めて実感する……。

「そっか。飲み物もらってくるけど、まなみもいるか？」

「いる！　カルピス濃いめー！」

「はいよ」

広い家だが台所の場所は間違えないし、愛沙が入ってるという風呂場に向かうこともない。

そう思ってすっかり油断していた。

台所に向かうために廊下ではなくショートカットできる部屋を通ろうと引き戸をあける

と……。

「あ……」

「あっ……あはは、ごめんねえ？　康貴くん、変なもの見せちゃって」

おばさんが着替え中だった。

もうまるっきり下着姿で、ちょうどスカートを脱ぐためか穿《は》くためか前かがみになっている。

「えっと……すいません！」

「ごめんねえ。私もちょっと汗かいちゃったから着替えさせてもらってて……」

「いや、えっと……」

思考が止まってどうすればいいかわからなくなってしまっていた。

そこに足音が聞こえてきてハッと我に返る。

だが……そのときにはもう足音の主は背後まで近づいてきていた。

「あ、康貴……って、何してるの……」

風呂上がりの愛沙にジト目で睨《にら》まれることになってしまった。

◇

「そう……たまたま……偶然……」

無事台所で濃い目のカルピスを三人分調達した俺は、まなみのいる部屋に戻り……正座させられていた。

「まあまあ康貴にぃもわざとじゃないし」

「それは……わかってるけど……」

「あ、それともお姉ちゃんのほう覗《のぞ》きに来てほしかったのー？」

「なっ！　馬鹿っ！　違うわよ！」

いたたまれないからそういう姉妹喧嘩《きょうだいげんか》はあとでやってほしい……。

「確かにここ、庭から見ればお風呂覗けちゃうしねー。私入ってるとき窓全開だったから康貴にぃもタイミングが良ければ見れたかも⁉」

「康貴っ！」

「なんでこれで俺が怒られるんだよ⁉」

結局まなみが有耶無耶《うやむや》にしてくれて愛沙の機嫌も落ち着いたんだが、その分理不尽に怒られた気もした。

◇

「で、結局泊まるのか」

「みたいね……」

愛沙たちの祖父母は完全に旅行にでかけているらしく戻ってこないので、こちらに泊まることになったらしい。

ばあちゃんは久しぶりに人が増えたと喜んでいたし、まあいいんだろう。

じいちゃんもいなくなってずっと一人だったし。

「じゃ、私康《こう》にぃの部屋で寝るー！」

「だめに決まってるでしょ！」

まなみが馬鹿なことを言って愛沙に止められている。

だがまなみもまなみで考えがあるらしい。

「これにはしっかり理由があるんだよ？　お姉ちゃん」

「理由？」

自信満々なまなみ。

首をかしげる愛沙。

このパターンはなんだかんだでまなみのペースに呑《の》まれるやつだな……。

「夜にやりたいこと、あるでしょ？」

「夜にやりたい……って何考えてるの!?」

「ええっ!? お姉ちゃんのえっちー」

顔を赤らめてパタパタし始める愛沙。

すっかりまなみのペースだった。俺は墓穴を掘らないようにだんまりを決め込んだ。

「ほらほら、こんな山奥にまで来て夜することと言ったら一つでしょ?」

「だからそれは……その……康貴っ! なんか言って!」

「えー……」

だんまり作戦が早くも崩壊した。

というかこれ、まなみはわかってからかってるな。

顔を赤くして慌てる愛沙は可愛《かわい》いんだけど……それが狙いか。

だがここで俺までそれに乗っかると大変なことになるのは目に見えているので助け舟を出した
「ほら、まなみのことだからカブトムシでも採りに行きたいんだろ」

冗談で和ませようと思ったんだが……。

「せいかーい! 康にぃさすが! やっぱここまで来たらカブトムシの一匹や二匹連れて帰らないと!」

「本気か⁉」

「大丈夫だよ！　もうこのあたりの木はチェックしてるし、ちゃんと危ない道じゃないところもわかるから！」

「手回しが良い《い》……」

「うちのまわりじゃカブトムシしか採れないけど、ここだとクワガタが採れると思うんだよねー。ミヤマクワガタとか！」

何がまなみを掻《か》き立てるのかわからないが、とにかくテンションが高い。

いやわからないではない。ミヤマクワガタはかっこいい。

でも多分それは愛沙には伝わらないんだろうなぁということもまぁ、わかる。むしろまなみがなんでミヤマクワガタにテンションを上げられるのかいまいち理解しきれないところがあった。

「と、いうことで深夜に動きたいので私は康にぃの部屋で寝て起こしてもらいます！」

「いや……愛沙に起こしてもらってくれよ」

「お姉ちゃんは規則正しすぎて夜中起きてくれなそうなんだもん。それに虫採りのために起きる？　お姉ちゃん」

「えっ？　えっと……」

愛沙は虫、苦手だもんな。わざわざ行かないか。

まあでも……。

「部屋は余ってるからまなみは俺の部屋の隣で寝ればいいだろ。布団《ふとん》移すから」

「えー……」

「ちなみに俺も起きようとはするけどまなみが起きなかったら連れて行かないからな」

「そんなっ！　頑張って起きる……！」

「一応聞くけど愛沙は……」

「えっと……その……起きれたら」

愛沙は自信なさげに呟《つぶや》いていた。

「ま！　その前にイベントがあるんだけどね！」

「イベント……？」

まなみがぱっと立ち上がる。

あとはもう風呂に入って寝るだけかと思ってたけど。

「こっち来たのに温泉入らないのはもったいないでしょ！」

「私もうお風呂入ったんだけど……」

「でもほら、温泉だよ？」

「それは……まあ魅力的ね」

　そういえばすぐ近くに秘湯みたいな温泉がいくつかあったな……。

　しばらく来てないしわざわざ帰省しても行くことがなかったから忘れていた。

「行こ？　康にぃ！」

「わかったから引っ張るな」

　楽しそうなまなみに無理やり手を取られて立ち上がる。

　すごい力だな……。相変わらずどこにそんなパワーがと思うが考えるだけ無駄だな……。

　まなみだからと思っておこう。

「愛沙、行くか？」

　まなみに片手を取られながら愛沙のほうに手を伸ばした。

「うん……」

　愛沙が俺の手を取って立ち上がる。

　自然と手を出してしまったが立ち上がって気付く。

　これは……。

「みんなでこのまま手ぇつないで行こっか」

　まなみは楽しそうだから良いんだが愛沙は顔が真っ赤だ。そしてそれは多分、俺もそうだろう……。

「あー　でも準備してなかった！　康にぃ！　タオルとかシャンプーとかお願い！　私パンツ持ってくる！」

パッとまなみが手を離す。

残された俺たちは……。

「えっと……俺も準備してくる」

「そうね……」

ちょっとだけ名残惜しそうに手を離したと思ったのは、俺の思い込みだろうか。

◇

「ふぅ……」

母さんたちは家でのんびりするということで結局三人で温泉に来た。

脱衣所の前で別れて一人、男湯でくつろぐ。

街灯すらろくにない田舎道を懐中電灯の明かりを頼りに進んできたが、いつもと違う非日常感があってあれはあれで楽しかった。

「なんだかんだ疲れてたんだな……」

お墓の掃除に畑仕事と力仕事を続けてやったせいか、意外と筋肉が張っていた。

温泉に来れたのはそういう意味でも良かったかもしれない。

「生き返る……」

ゆっくり温泉を堪能《たんのう》できたのはそこまでだった。

「ほらほらお姉ちゃんはやくっ！」

「ちょっと！　そもそもまなみが先に牛乳飲みたいとか言うから……」

「え……？」

待て待て。

ここは男湯。確認している。

だというのに、パーテーションを挟んで向こうから声がしたという感じでもない。

とりあえず温泉の中央に設置された大きな岩の反対に回り込んだ。

「ふぅ……気持ちいいよ！　お姉ちゃん！」

「わかったから……」

間違いなく岩を挟んだ向こうに、二人がいる。

「あれ？」

まなみが声をあげる。

「康にぃ――！」

「ちょっと！　迷惑でしょ！　急に叫ばないの！」

「あはは。でも男湯どこかなって。それにこんなとこ私たち以外誰もいないよ！」

「まあ、それはそうだけど……確かに男湯が見当たらないわね」

これはもう名乗り出たほうが良いだろう……。どのみち先に入ってた俺がのぼせるほうが早いだろうし。

姿は見せずに岩の裏から声をかける。

「えっと、愛沙」

「あ、康貴……え？　ちょっと待って今……!?」

早速テンパってばしゃばしゃ水が跳ねる音が聞こえる。

「落ち着け！　俺からそっちは見えてないから！」

「そう……え、でもこれって……」

「多分二人から見えてる岩の裏にいる」

「どうして……って、ここ、混浴になったってことかしら……」

「多分……」

もともと無人で誰がどう管理しているかも怪しいこじんまりとした温泉だ。

入り口に置いてある箱に募金感覚でお金を入れて、あとは飲み物の自動販売機があるくらいなもの。

そもそも前に来た記憶がおぼろげすぎて、ここが前に来たところと同じかも怪しい。

母さんたちが何も言わなかったあたり、混浴があるのは知らなかったんだろう。流石《さすが》に止めるだろうからな……。

完全に油断していた。

「あっ、ほんとだ！　やっほー康貴にぃ！」

「ちょっとまなみ⁉」

「おいお前なんでこっちに来たんだ⁉」

考え込んでいたせいでいつの間にか近づいてきていたまなみに気付けなかった。

「あっ！　私も裸なんだった！」

さっと身を隠すまなみ。

湯気でよく見えなかったけどなんとなく輪郭は……いやだめだ忘れよう。

「えへへ。やっちゃった」

「やっちゃった、じゃないわよ！」

「ごめんってー。お姉ちゃんも行ってくる？」

「馬鹿なこと言わないの！」

「おこられたー」

楽しそうなまなみの声が聞こえる。

見られたことを気にする様子がないのは良かったといえば良かったんだがもうちょっと色々気をつけてほしい……。

「えっと、康貴？」

「ああ……どうした？」

まなみのせいかおかげかひとまず落ち着きを取り戻した愛沙が声をかけてくる。

「その……落ち着かないかもしれないけど、せっかくならどっちも温泉を楽しめたほうが良いと思うの」

「そうだねっ！　康にぃもこっちおいでよ！」

「違うわよ！　ちょっと康貴!?」

「わかってる！　行かないから大丈夫だ」

まなみがいるとほんとにかき乱されるな。

それであわあわする愛沙も可愛《かわい》いんだけど……。

「のぼせない程度ならこのまま、話さない？」

「愛沙たちが良《い》いなら」

「もちろーん！」

「お前はもうこっちに来るなよ⁉」

「あははー」

まなみのことはしっかり愛沙が見張ってくれると信じよう。

と思ったけど嵐のようなまなみを止めるのは無理だった。

「あ！　私先髪の毛やってくるからお姉ちゃんたちはゆっくりしててー！」

岩越しでもまなみが止める間もなくいなくなったのはわかった。

まあこっちに来るわけじゃないなら良いか……。

ただ改めてこんな状況で二人を意識させられると……。

「愛沙……？」

「えっ……えっと……何？」

「いや……」

何を喋《しゃべ》ればいいかわからなくなる。

「さっき……」

愛沙がなんとか話題を見つけようと声をかけてくる。

「さっき？」

「まなみがそっちに行った時、見た……？」

「えっ」

想像してなかった話題が飛んできて戸惑っていると、愛沙のほうからばしゃっと水が跳ねる音が聞こえてくる。

「見たのねっ⁉」

「いやいや！　湯気でほとんど見えてない！」

「ちょっとは見たってこと⁉」

「いや……見てない見てない！」

「そう……」

音でしかわからないが一応納得したのか座り直してくれたらしい。

と思いきやなぜか愛沙がこちらに近づいて来る音がする。

「ねえ、そっち行ってもいい？」

「愛沙っ⁉」

「心配しないでも康貴がいるところまでは行かないわよ。ちょっと近くに行くだけ」

「そうか……」

一瞬ちょっと残念と思う気持ちが沸き起こったが頭の隅になんとか追いやった。

「ふぅ……康貴も岩にもたれてるのよね？　多分」

「そうだな」

「私もちょっと、そうしてみたくて」

「そうか」

お互いに岩を隔てて座る。

しばらくまた無言になったが、なんとなく近くに気配を感じるおかげか、さっきまでのような気まずさはなかった。

落ち着いてきた頃に、愛沙がこんなことを口に出す。

「ねえ。一緒にこっちに来たのっていつぶりかしら」

「んー……」

記憶を掘り起こすが、それでも思い出せないほどに前だったと思う。

ばあちゃんの家に来る機会はあっても、愛沙たちとの接点はもうほとんどなくなっていたからな……。

「私もあんまり思い出せないけど、前も一緒に来たのかしら」

「どうだろうな……」

「まあ昔なら、一緒にお風呂《ふろ》も入ってたもんね」

「そんなこともあったな……」

「また一緒に入るなんて思わなかったわ」

そりゃそうだろう……。

「康貴、ありがとね」

「突然どうした」

「えっと……いつものお礼？　私は多分、こういう時じゃないと素直になれないから……」

プールのときを思い出す。

こういうときというのはそういうことかもしれなかった。

「こちらこそありがとう」

「えっ⁉　なんで康貴が……？」

本気で驚いてることにびっくりする。

「俺は愛沙といて楽しいから、そのお礼」

「……そっか」

それだけ、お互いよくわからないがお礼を言い合って、それっきり言葉もないまま岩に

もたれかかる。多分愛沙も同じだろう。

「ちょっとのぼせちゃったかも」

「ああ……上がったほうが良い」

「康貴は？」

「俺はもうちょっと……いや上がったほうが良いかもな……」

先に入ったのは俺だし。

「わかった。じゃあ岩を時計回りに回って入れ替わりましょ」

「ああ……愛沙は大丈夫か？　それにまなみは……」

「あー……」

どうしたものかと思ったところでちょうどよくまなみの声が聞こえてきた。

「あっ！　なんか楽しそうなことしてる！」

バシャバシャと駆け寄ってくるまなみ。

「ストップ！　それ以上はまた同じことになるでしょ！」

「はーい」

今回は愛沙が止めてくれたらしい。

「康貴が先に上がるからこうやって入れ替わろうって話をしてたの」

「追いかけっ子⁉」

「追いついたら意味ないでしょ！」

そんないつもどおりのやり取りをしながら無事、事故なく風呂を出ることに成功する。

「あれ……？」

愛沙とまなみの様子をみて、いつもどおりと思うなんて、それこそいつぶりだろうか。

「結構一緒にいるんだな……俺たち」

考えてみれば夏休みに入ってほとんど一緒にいるようなものか。

「そうか……」

だからといってどうということはないんだが、なぜかそのことが嬉《うれ》しいような、不思議な気持ちになりながら二人を待つことになった。

◇

「康にぃ、康にぃ、起きて」

耳元でささやく声がする。温泉から戻って布団《ふとん》に入ったのがついさっきのよう……いや実際さっきだろうな……。

「まなみか」

「わわっ、急にこっち向いたらちゅーになっちゃうよ！」

「え？」

聞き捨てならない言葉に意識が一気に覚醒する。

「なんでこんな近くに……」

「えへへ……そろそろ出かけよ？」

目を開けると俺に馬乗りになって顔を近づけるまなみがいた。

起こし方……。

「今何時だ」

「四時だよ。そろそろ明るくなってくるから急がなきゃ！」

「わかったわかった」

約束していた虫採り。まなみはやる気満々だった。

そして愛沙はやはり起きてこなかったようだな……。

まなみいわくホントは夜の十時前後とかが狙い目だったようだが、暗い山道は流石《さすが》に危ないということで逆に明け方を狙うことになったわけだ。

クワガタは日中も採れるらしいけど……まなみのせいで変な知識が増えたな。

「準備は？」

「ばっちし！　康にぃの分もほら！」

「ほんとにこういうことになると手際《てぎわ》が良いな……」

「えへへー」

懐中電灯、虫あみ、虫かご、飲み物その他……。

全てきっちり準備を整えていた。

「はやく、はやく！」

「わかったわかった」

なんだかんだ俺もワクワクしながら、薄明るくなってきつつある外にまなみと向かった。

◇

「はぐれちゃうから手つなごーね」

「はいよ」

完全に子どもの散歩だった。

まだ薄暗いが一応懐中電灯なしでも歩ける程度には陽《ひ》の光が出てきている。

「第一チェックポイントはあそこ！」

「自販機……？」

「ぴんぽーん。多分何匹かいるはずー！」

「おい走るな走るな！」

はぐれると言ったそばからこれだ……。

慌てて追いかけるとまなみが早速虫かごに戦利品を入れている。

「いたよー！」

「ほんとにいるんだな……」

「康にぃ、見たことない？　なんか白い布にライト当ててる罠《わな》とか」

「あー……昔図鑑で見たような……」

「自販機はあれと一緒だからねー！　この子はコクワガタかなー？　次行こー！」

「ちょっと待て、休む間もなしか⁉」

「あははー」

もう体力でもスピードでもまなみのほうが上なんだなと嫌でもわからされたが、一応男としての意地と、それ以上にまなみをはぐれさせて怪我《けが》させてはいけないという庇護《ひご》欲でなんとかついて回っていた。

クヌギ、コナラ、自動販売機、クヌギ……。

まなみの事前チェックポイントを順番に回っていく。

「さすがにもうこの明るさだと自販機周りはいないな」

「いたよー！」

「なんで同じ場所で探してるのに……」

まなみは俺と見えている景色が違うのではないかというくらいスイスイ虫を発見している。

まなみの虫かごにはすでに十匹以上の戦果があるというのに、俺のほうが道中俺にぶつかるように飛んできたカブトムシ一匹だけだった。

「えへへー。最後が本命だから！」

そう言って俺の手を引くまなみ。

虫かごの中身に気を遣うようになってからは走ったりもしないのでついていけるが、それでも歩くペースもまなみのほうが速かった。

「ここか」

「うんっ！」

最後につれてこられたのは立派な大木のもとだった。

「康にぃ、ここ、ここ！」

「おおっ」

木の根元に樹液が出ているようで、そこには驚くほどたくさんの虫たちが集まっていた。

カナブンや蝶《ちょう》と一緒に、カブトムシやクワガタがぞろぞろと。

「えへへー。たくさんいてよかったー！」

「ところでこれ、採ってどうするんだ？」

「んー？　明日この辺のちっちゃい子たちに配ってあげる！」

「そうか」

てっきり育てるかと思ったがそうではないらしい。

「私は部活でいなくなることが多いし、お姉ちゃんにお世話頼むのも難しいだろうしねー」

「まあ愛沙は無理だろうな」

「だからね、どうせなら生き物を育てる経験をしたい子にさせてあげたいなーって」

「なるほど……」

子どもっぽいと思っていたまなみの表情が、どこか大人びて見えた気がした。

その姿に少しだけ、なぜかドキッとさせられる。

かと思えばすぐにまなみはいつもの調子に戻った。

「あっ！　ほらあっちにもいるよ！　康にぃ急いで！」

また一瞬にして子どもな表情に戻ったまなみに手をひかれる。

まなみは本当に色んな表情を見せてくれるな……。

「わかったからもう少しゆっくり……」

「だめだめ！　カブトムシが逃げちゃうよ！」

そう言いながらこちらを振り返って手を引くまなみは、朝陽《あさひ》に照らされて輝いて見えた。

姉妹の気持ち【愛沙《あいさ》視点】

《いまなにしてるの？》
《宿題はじめたとこ、そっちは？》
《私も宿題はじめた》
《そっか、お互い頑張ろうな》
《うん》
康貴《こうき》とのメッセージ。前はこんな気軽に送れなかったけど、最近はこうやって連絡を取れば返事をくれるようになった。
良かった、と思う。やっぱり康貴と話せなかった期間は結構、寂しかったんだなって気付かされた。
「って違う！　こんな他愛《たわい》のない話がしたいんじゃないのに！」
確かにメッセージが気軽にできるようになったのはいいんだけど！　今日はそうじゃない！
「それに宿題してるって嘘《うそ》までついて……」

絶賛ベッドで携帯を握りしめながら転がってる状況に意味のない罪悪感を感じる。

「はぁ……デート、か……」

そう。莉香子《りかこ》たちが私にしたアドバイスを思い出す。

「デートなんて改まって今さらどうやって誘えばいいのよ！」

くまのぬいぐるみに八つ当たりしながら悶《もだ》えていると隣の部屋から声が聞こえてきた。

「お姉ちゃーん！　良《い》いお知らせでーす！」

「どうしたのまなみ？」

部屋に招き入れるなりクッションにダイブするまなみ。変わってなくて可愛《かわい》いんだけど、いつになったらおとなしくなるのかという不安はちょっとある。

ただまぁ、いまは良いお知らせというのを聞きたかった。

「あのねあのね！　康貴にぃが泊まりに来るよ！」

「そうなの……？」

なし崩し的にこないだ泊まらせてしまったわけだけど、今回はまたなんで……？

「私がお願いしました！　家庭教師、合宿です！」

「合宿……？」

わざわざ泊まり込みで、とも思うがまあ、そのあたりはまなみがゴリ押ししたんだろうなあ……。

　ごめんね康貴……。

「で、何日いるの？」

「んー、二泊、か、三泊？」

　結構長かった。

　それに……。

「なんで決まってないの……？」

「えーっと……私の宿題が終わるまで、だから？」

　なるほど……。まぁ早めに全部終わらせるのは偉いからいいけど、付き合わされる康貴は……。

　ま、いいか。

　なんだかんだまなみといるのは楽しそうにしてくれているし。

　私とは……どうなんだろう。

　楽しいって言ってくれたから大丈夫……よね？

　よし、大丈夫ってことにしよう。

「お姉ちゃん？　大丈夫？」

「ええ、ごめんね？」

いまはまなみの話に集中しなきゃ……。

「それでね。お母さんとお父さんはその間藤野《ふじの》家に行くんだってー」

なるほど……お母さんとお父さんは藤野家に……えっ⁉

「なんで⁉」

「その間はお母さんたちの部屋が康貴くんの部屋ってことにするみたい」

「あー……」

そこまでする必要あるのかなって思うけど……まあうちの両親ならそっちのほうが楽しそうというだけで決めかねない。

というか、そうやって決めたんだろうなぁ。

「と、いうことで、朝から晩まで康貴にぃがいます！　そこでお願いなんですが……」

「わかってるわ。ちゃんと料理も他の家事もしてあげるから」

「ありがとー！　お姉ちゃんすき！」

調子よく抱きついてくるまなみを撫《な》でながら、献立を考え始める。

康貴が好きなものは多分……揚げ物が多いけど、そればっかりだとなぁ……。

卵料理も好きよね、自分でオムライス作れるくらいだし。

康貴のオムライス……小学校の最後のほう、もう若干距離ができかけてた頃に作ってもらったのをよく覚えている。

あの頃から作れたのはすごいわね。私は何か作れただろうか……？

いやあれを見て料理を頑張り始めたんだ……。

当時の私は、多分何も作れなかっただろう。

「ふふ、お姉ちゃん楽しそうな顔してる」

「そんな顔してないわよ」

恥ずかしくなって顔をそむけたが、まなみは笑うだけだった。

もう……なんなの……。

「夜はね、自由時間だからまた三人で遊ぼうね！」

目をキラキラさせるまなみ。

こんな顔されたら何でも付き合ってあげたくなってしまう。

きっとそれは康貴も同じなんだろう。

「ちゃんと宿題もすすめるのよ？」

「でも、あんまり早く終わらせちゃうと康貴にぃすぐ帰っちゃうよ……？」

確かに……。

「ま、そういうことでーす！　よろしくね、お姉ちゃん」

「うん……」

まなみを見送ってまたベッドに置かれたぬいぐるみに顔を埋《うず》める。

「康貴はまなみのこと、どう思ってるんだろう……？」

姉の私がドキッとするほど可愛いのだ。

それに私と違って素直で、真《ま》っ直《す》ぐだ。

「私が康貴なら……まなみを選ぶなぁ……」

声に出して自分で落ち込む。

まなみは良い子だし、幸せになってくれるならそれでもともも思う。

康貴ならきっとまなみを幸せにしてくれる。それは確信があった。

――でも
「康貴が泊まってる間にデートに誘う……！」

私だって、負けてられない。

「それでなくても家庭教師で接点はまなみのほうがたくさんあるんだから……」

康貴が最終的にまなみを選んだって後悔しないように……。

せめてそう思えるだけは動いてみたい。

「あー……なんか、まなみの気持ちが少しわかったかも……」

きっとまなみのゴールには、仲の良かった三人の関係を取り戻すことが大きな比重を持って加えられてるんだ。

私は自分の気持ちの問題だけど……。

「自分がどうこうより、大切なものなんだろうな……」

我ながらほんと、よくできた妹を持ったものだと思う。

自分のことより人のために頑張れる良い子だ。

「そんな良い子を相手にしてるのかぁ、私」

自信がなくなる。

いや、自信なんてもともとないんだけど……。

「言っても仕方ないんだけど……ね」

でもまなみのおかげでデートに誘う勇気はもらえた気がした。

「尻込みしてる場合じゃない、よね」

そのためには……えっと……。

康貴はどこか行きたいところとか、あるかな？

握りしめていた携帯で行き先候補を探し始める。

「う……」

デートの行き先を探すのだ。

当然のことながら自然と、デートスポットやカップルおすすめ、といった言葉を選ばないといけなくなる。

「これは……意外と恥ずかしい……かも」

決意したはずなのに画面を直視するのが恥ずかしい。

顔が赤くなるのを感じながら色々な行き先候補を眺めて過ごした。

「どうしよう……」

ベッドに寝かせたくまのぬいぐるみに問いかけても、当然返事があるわけもなかった。

思い出のくま

「そういえば、これもずいぶん、くたびれちゃったなあ……」

ベッドに横たわるくまのぬいぐるみを眺めてつぶやく。

「随分経《た》っちゃったしね」

我ながら物持ちが良いというか、よく保《も》ってるなあと思う。こんな状態でも大切にしつづけたのはひとえに、これがもう唯一のつながりになっていたからだ。

「康貴《こうき》がくれた……唯一の……」

ギュッとぬいぐるみを抱きしめながら思い出す。

「何歳だったかな……」

もう正確には思い出せないくらい前のこと。

はじめて二人で、親の付き添いなしで出かけた夏祭りのときの話。

◇

「こうきー！　はやくー！」

「わわっ。こら待てって！　はぐれちゃだめだって言われただろ？」

「わかってるよー！」

　夏の夜。

　きらきらした景色の中で、それでも絶対に康貴だけは見失わない、そんな不思議な自信があった。

　神社の境内に設けられた屋台。

　その屋台の間をごった返す人混み。

　そしてお母さんに着せてもらったきれいな服。

　何もかもがきらきらしていて、何もかもに夢中になった。

「つぎはあっちだよ！　こうき！」

「気をつけないとすぐお小遣いなくなっちゃうんだぞ」

「大丈夫だってー！　あ、わたがしだーー！」

「こら！　だからはぐれないようにって！」

　そうやって康貴に怒られることすら楽しい、そんな、本当に夢のような日だった。

　夜にこうして出かけられたことも、康貴と二人で出かけられたことも、自分たちで自由にお金を使えることも、何もかも新鮮で、最高で、間違いなくあの日、私は人生で一番楽しい瞬間を過ごしていた。

「はぁ……やっと追いついた……って、何見てるんだ？」

「わぁ……」

追いついてきた康貴には目もくれず、私は屋台の一つに目を奪われていた。

「射的かー。あっ！　俺もあのゲームほしい！」

康貴も気になるのがあったみたい。

「一回三百円だから……えっと……」

「三回！　私たち千円ずつ持ってきたから！　三回できる！」

「いやいやあいさはもうここまででけっこう使っただろ」

「あ……」

言われて慌てて首にかけていたがま口を覗き込む。

そこにはたしかにもう、射的一回分の金額しかなかった。

「どうしよう……」

「どうしようって言われても……そもそもそんないっぱいやる必要あるのか？　射的」

「うん！　ぜったい欲しい！」

「何が欲しいんだよ」

「あれ！」

康貴に伝えたのはくまのぬいぐるみ。

運命だと思った。

一目惚れ《ひとめぼ》だった。

あんなに可愛《かわい》いぬいぐるみは、今まで見たこともなかった。

「どうしても……欲しい！」

「じゃあ行くか……？」

「うん！」

康貴と手をつないで屋台に向かう。

「おお、何だ可愛らしいねえ。やってくかい？」

「うん！　あのね、くまのね、あの子が欲しいの！」

「そうかい。んじゃあちょっとそっちに踏み台置いてやるよ」

おじさんが私の身長に合わせて台を持ってきてくれる。

台の上に乗って、少し近くなったくまを見てまたワクワクしたのを覚えている。

「よーく狙えよー」

「うんっ！　えっと……」

射的なんてやったことのない私は何からはじめていいかわからずおろおろする。

康貴の方を見たけど、それより先におじちゃんがこう言ってくれた。

「弾込めまではサービスしてやるか、ほら」

「わーい」

あとは引き金を引くだけ。

ぬいぐるみに当てるのはちょっとだけ嫌な気持ちになったけど、そんなことより早く落として持ち帰りたい気持ちが強かった。

「えいっ！」

「惜しいねえ！」

「むむむ……」

私の打った弾丸は見当違いの方向に飛んでいく。

「もっかい！」

「はいはい。三発あるからゆっくりな」

今度こそ……！

そう思って打ち込んだ弾は、今度はさっきと反対方向に飛んでいってしまった。

「あー……」

「最後だぞー。よく狙えよ？」

「むぅ……」

私は涙をこらえてなんとか狙いを定める。

これで最後だ。

当たって欲しい。

なんとしてでも欲しい。

「えいっ！」

ポンッと、勢いよく飛び出したコルクの弾は、くまの耳をかすめただけで落ちていった。

「あ……」

「残念だったなあ……まあまた機会があったらやってくれ」

「ぐす……」

泣いちゃダメだ。

泣いたらいっぱい迷惑がかかっちゃう。優しかったおじさんにも、康貴にも……。

でも私はもう、あの子が……。

「うぅ……」

なんとか涙をこらえていると、康貴がおじさんにお金を渡していた。

「よーし。坊主《ぼうず》は何がほしいんだ？　移動してやるよ」

康貴はゲームが欲しいって言ってた。

私と違ってここまでお金もちゃんと我慢してたから、いっぱいできるはずだ。

「ううう……」

そう思うとなんだか悔しくてまた涙がでそうになる。

でも……。

「このままで大丈夫」

「おお？　そうかい。じゃあがんばんな」

康貴は自分で弾も込めて、そして……。

「え？」

一発目。

狙いはゲームじゃなくて……。

「あー、失敗した」

くまの頭にしっかりあたっていた。でもちょっと動いただけでくまは全然落ちない。

どうして？

「そんな顔すんな。落とすまでが射的だから」

康貴がそう言いながら二つ目の弾を込めた。

「いけ！」

「あっ！」

今度は身体《からだ》に弾が当たる。

またちょっとだけずれて、でも落ちない。

「さいご……」

「大丈夫。俺はあと二回できるから」

「でも……！」

それをしちゃうと康貴は……。

「大丈夫」

三発目。私と同じように耳をかすめて、でもちょっとだけ動いて、それで終わっちゃった。

「もう一回！」

「大丈夫かい？」

「うん。あと一回はできるから」

「そうかい。がんばんな！」

「こうき、だいじょうぶだよ！　わたしがまんできるよ！」

「いいから」

康貴がせっかく貯《た》めてたお金を、私のために使ってくれてる。

二回目の最後の弾。

「あ……」

「惜しいねえ」

もう少しで落ちそうだった。

あと一発。頭にでも当たればもう、落ちる。

康貴はためらいなく財布に手をかけたが、おじさんがそれを止めた。

「一発サービスしてやるよ。これで決めて残った金でなんか食ってこい」

おじさんがくれた最後の弾は、吸い込まれるようにくまのぬいぐるみに向かっていき
……。

「やった！」

もうその時、私はくまのことよりも、康貴を見るのに必死だったのを覚えている。

自分のことのように喜んでくれた康貴が受け取ったぬいぐるみを渡してくれた。

なんだかそれだけで、ぬいぐるみじゃない何かわからない理由で、胸がいっぱいになっ

たのを覚えている。

私はもしかしたら、あのときから康貴に目を奪われ続けているのかもしれなかった。

勉強合宿

「じゃ、康貴《こうき》くん。よろしくね！」

「はい」

高西《たかにし》家の玄関でスーツケースを転がすおばさんとおじさんに挨拶する。

なぜかよくわからないが、俺はしばらく高西家の子として愛沙《あいさ》の世話になるらしい。そしておばさんたちはうちに行って四人で生活を楽しむとか。

仲良いなぁ……。

「行っちゃったねー」

「そうだな」

隣で一緒に見送るまなみと目を合わせる。愛沙も玄関までは来ていたが目は合わせてくれなかった。

「なによ……」

「いや、えっと……お世話になります？」

「そうね」

それだけ言うとリビングに引き上げていく。

最近は割とコミュニケーションが取れるようになったと感じていたんだが、今日からしばらく泊まりになったせいかまた微妙な距離感が生まれていた。

たまに向こうからメッセージが来るようになってはいるから嫌われてるわけではないことはわかるんだけど……。

内容はめちゃくちゃぎこちない簡素なものだったが。

「お姉ちゃんと仲良くなってるみたいだね！」

「あれを見てそうなるのか……？」

「えー、お姉ちゃんすごい康貴にぃのこと信頼してると思うんだけどなぁ」

姉妹ならではで何か感じるところがあるかもしれないが、いまのところその信頼は俺には全く伝わっていなかった。

「ま、康貴にぃは何があってもお姉ちゃんのこと嫌いにならないでいてくれるから、それでいいよね！」

「まあ、嫌いになることはないだろうな」

愛沙を嫌う理由なんてないだろう。たとえ俺を見る目がどうであろうと愛沙が悪いやつじゃないのはわかってるしな。

「ふふーん。ま、とりあえず勉強だー！」

「そうだな」

まなみに手を引かれて部屋に連れて行かれた。

◇

「で、どのくらいできてるんだ？」

今回の合宿の目的はまなみの宿題を終わらせることだ。

前回登校日前にある程度片付けたが、それでも本番はここからだろう。

日記とかは自分であとでやってもらうしかないが、他のことは実技も含めてここで終わらせるつもりだった。

美術の絵の課題とかはアドバイスも出来ないから見張るしか出来ないけどな。

「えっとねー。こんな感じです！」

夏休みのしおりと照らし合わせて各教科の進捗を確かめる。

国語二割。

数学三割。

英語八割。

理科系と社会系は大した量ではないが半分くらい。

実技は美術の絵だけが残っていた。

「意外と頑張ってるな」

「えへへー！」

まだ夏休み中盤と考えれば十分やってるほうだろう。なんなら普段のまなみを思えば、全部一割くらいを覚悟してきたくらいだ。

「後半がつぶれそうなのはわかってたからねー」

「まぁそうか」

このタイミングですべての宿題を終わらせないといけない理由はこれだ。

まなみは夏休みの後半、すでに多くの部活から助《すけ》っ人《と》を頼まれていて予定が埋まっている。

好きでやってることだから予定が埋まること自体は喜んでという感じなのだが、問題は宿題だ。

いまのうちに片付けないと、ここから先はやる時間がないのだ。

「と、いうわけで、意外と頑張ってたご褒美《ほうび》になでなでを要求します！」

「はいはい」

軽く頭を撫《な》でると満足そうに微笑《ほほえ》んだ。

たったそれだけでにこにこするまなみが可愛《かわい》い。

「ほわぁ……ってだめだよ！　なんでそんな本気のなでなでしちゃうの！」

「本気のなでなでってなんだ……？」

「とにかくっ！　禁止！　気持ちよすぎるので禁止です！」

やれと言ったりやめろと言ったり忙しいやつだった。

「今のは私が要求した時以外禁止しますっ！」

「わかったよ」

「絶対適当に返事してる！　だめだからね！　間違っても他の子にしちゃだめだから……！」

まなみ以外にそんなこと要求する相手はいないから安心してほしい……。

「あ、でも……お姉ちゃんになら……」

「愛沙が？」

「ううんっ！　なんでもない！　とにかくこれは私だけです！　その……どうしてもというならお姉ちゃんも……」

「まあまなみだけって言うならそうするよ。その代わり頑張って宿題終わらせような」

「ほんとっ!?」

「ああ」

こんなことでやる気を出してくれるなら安いもんだろう。

「えへへ……よしっ！　じゃあお願いします！」

「まあ、いつもと違って横で見張っとくしか出来ないけど」

「わからなかったらガンガン聞きます！」

「はいよ」

合宿中は俺も横で勉強しているよう、自分の両親にも高西家の両親にも言われていたから お言葉に甘えよう。

机に向かうまなみを見ながら、俺も残っている宿題に手を付けた。

◇

「頑張ってるわね」

「あ、お姉ちゃん！」

部屋でしばらく集中していたら愛沙が入ってきた。気付いてなかったが随分集中していたらしい。

「そろそろ休憩にしたら？」

「うんー！」

嬉《うれ》しそうなまなみを見ると結構無理していたのがわかる。

頑張ってるときは俺が休憩の時間を作らないとな……。いいタイミングで来た愛沙はさすがお姉ちゃんだなといったところだろうか。

「クッキー焼いたから持ってくるわ。飲み物、コーヒーがいい？　紅茶？」

「クッキー!?　やったー！　紅茶がいい！」

「まなみは紅茶ね。康貴は……紅茶よね」

「ああ、ありがと」

それだけ言って下に降りていく。

コーヒーはあんまり好きじゃないって、愛沙に言ったことあっただろうか？

「クッキークッキー！」

待ちきれないまなみもすぐについていったので、俺も手伝いのために下に降りることにする。

結局全員下に集まったのでリビングで休憩になった。

「おお、すごいな」

リビングにはすでに出来上がったクッキーが並べられていた。

色とりどりで見栄《みば》えが良い。買ってきたと言われても全然不思議じゃない出来だった。

「美味《おい》しー！」

「もう食べてるのか……」

席につくやいなやクッキーに手を付けるまなみ。

そんな様子を紅茶の準備をしながら愛沙が見守っていた。

「よかった」

まなみは吸い込むようにクッキーを食べ続ける。

「口、ついてるわ」

紅茶を持ってきた愛沙に拭いてもらったりしているのも微笑ましい。

「えへへー」

「美味しいねえ、康《こう》にぃー！」

「そうだな。ほんとにうまい……」

なんか母さんが一度高そうな洋菓子を買ってきたことがあったがその時のより美味しい気がする。

ほんとにいつの間にか料理からお菓子作りまで……愛沙はすごいな。

「作りたてを食べてもらえて良かったわ」

「康にぃー、そっちのも食べたいー」

「はいよ」

抹茶味とか紅茶味とか色々用意してくれていたので俺の前にしかない味がちらほら出てきていた。

取ってやると何故《なぜ》か口を開けて待っている。

「あーん」

「なんでだ」

「あーん！」

「……仕方ないな」

「ふふふー」

満足そうで何よりだが、あんまり愛沙の前でこういうことをしてるとなんか機嫌が悪くなることが多いので気が気じゃない。

けど今日は……。

「なによ」

「いや……」

愛沙の様子を窺うとそんなに機嫌が悪くなってる様子がなくて安心する。それを見て何を思ったかまなみが身を乗り出して騒ぎ出す。

「お姉ちゃんもやってほしい？　ほしいよねっ⁉」

「なんでよ」

「私だけあーんしてもらうのは不公平かなって」

「私は別に――」

「ほらほら康にぃ！　やってあげて！」

まなみに押し付けられるようにクッキーを持たされる。

仕方なく愛沙の方を見ると怒ってるのか何なのかよくわからない表情で顔を赤くして横目にこちらを見ていた。

「なに……やるならやりなさいよ！」

「いや、無理にとは言わないけど……」

「やりたくないの⁉　まなみにはやったのに！」

どうすりゃいいんだ……。

「ほらほら、お姉ちゃんも待ってるよ」

「あれは待ってる……のか？」

「待ってるよ！　ほらほら！」

「わかった……はい」

「ん」

　静かに愛沙の口にクッキーが運ばれる。

　顔を赤くしたままこちらを睨《にら》むように見つめてくるが、ここのところよく話していたおかげだろうか。

　その表情も何故か少し可愛く見えてしまう自分がいた。

◇

「つーかーれーたー！」

「うん。よく頑張ったな」

　休憩から戻ってまたしばらく宿題を頑張っていたまなみが大の字で寝転がる。

　一日のペースとしては十分すぎるほどの勢いで進めていたし限界だろうな。

「今日はもう頭が動かないよー」

　そのままもぞもぞこちらに寄ってきたかと思うと、俺の膝に頭を乗せてくる。

　なんか前もあったなこんなこと……。

「まあ頑張ったからいいか……」

「えへへー」

そのまま乗せてきた頭を撫でると満足そうに目を細めた。

こうして近くで見るとやっぱり愛沙の妹だ。普段はタイプが違うから意識することはないが、目元なんかは似てるなと思わされる。

そのせいだろうか。このくらいの距離はいつものことだというのに、今日は妙にドキッとさせられた。

「んっ……康にぃ、撫でるの上手になってるなぁ」

「撫でるのに上手とか下手とかあるんだな」

柔らかい髪に手ぐしを通すように撫で続ける。

「あるよっ！　大事だよ！　これでお姉ちゃんのこと撫でてあげたらイチコロだよ！」

「そんな馬鹿な……」

「だからしばらくは、私以外しちゃだめだからねっ！」

「はいはい」

そもそも愛沙を撫でるシチュエーションなんか思い浮かばないな。

もう一度看病でもすれば別かもしれないが……。

「あっ、お姉ちゃん！　多分そろそろご飯支度始めてくれたんじゃないかなー、行ってみよ！」

バッと起き上がったかと思うと次の瞬間にはドアを開けて部屋を飛び出そうとするまなみ。

「なんか手伝えるかな？」

「康貴にぃも一緒に料理する⁉」

「まあ、できることがあるなら……？」

愛沙の料理の腕前を考えると俺が出る幕はない気がするけど、米を研いだり洗い物をするくらいのことはできるだろう。

「わーい！　お姉ちゃんに言ってくる！」

言うが早いか俺を置き去りにしてまなみは階段を駆け降りていった。

「お姉ちゃーん！」

「わっ⁉　なにっ⁉　どうしたの？」

下から愛沙の声が聞こえる。

俺も早く追いつくとしよう。

◇

「なによ……」

「いや……」

言えない。

エプロン姿が新鮮で可愛《かわい》かったせいで見惚《みと》れていたなんて……。

「ねーねー、康貴にぃも手伝ってくれるって！」

「さっき聞いたわよ」

まなみのおかげでごまかせただろうか。

柔らかい表情でまなみに笑いかける愛沙にまた見惚れそうになったが目をそらしておいた。

「なんか手伝えることあるか？」

「いいわよ別に。一応お客さんでしょ？」

「いや、何日いるかわからないし流石《さすが》にそういうわけには……」

ずっと愛沙の世話になり続けるというのも気が引ける。

「そう……」

あれ？　ちょっと愛沙の表情が沈んだ気がしたが、そんなもの吹き飛ばすようにまなみが爆弾を落とした。

「康貴にぃが家庭教師《おしごと》してお姉ちゃんが家のこと《料理》するのって、なんか夫婦みたいだね！」

「なっ⁉」

俺がなにか言う前に一瞬で顔が真っ赤になる愛沙。

「変なこと言うな」

というか愛沙なら将来的に普通に仕事もバリバリしているような気が……いやだめだ深く考えるとドツボにハマるこれ⁉

なんでその代わりに俺が家事をしてる姿を想像してしまったんだ。

本当に結婚してる妄想をしてしまったようで恥ずかしい……。

「あははー。まあほら、一緒に料理も新婚さんっぽくていいじゃん！」

「新婚……⁉」

愛沙がオーバーヒートしていた。

「と、いうわけでお姉ちゃんのことは任せるね！」

「えっ？」

「私はもうちょっと上で宿題してくるからー！」

嵐のように言いたいことだけ言って過ぎ去っていくまなみ。

残された俺たちは……。

「えっと……」

「新婚……？　結婚……？」

だめだ。顔を真っ赤にした愛沙はしばらく動けそうになかった。

◇

「せっかくだからその……一緒に手伝ってもらおうかしら……」

なんとか正気に戻った愛沙ともう一度話し合った結果、今日は一緒に料理をしようということになった。

それは良《い》いんだが小声で「新婚……」とか言うのやめてほしい。キッチンに二人でいるだけで落ち着かないのに……。

「えっと、今日は唐揚げなんだけど……」

「おお、いいな！」

楽しみだった。

「あ、でも俺、揚げ物はしたことないな……」

なんだかんだで料理はするときはするんだが、揚げ物は片付けの都合というか、昼ご飯に軽いものを作る程度の俺が手を出すにはハードルが高くて結局やらずにここまできていた。

「そうなの？　康貴は料理できるからやったことくらいはあるかと思ってたけど」

「家でやるとほら、色々大変だから」

「ああ……そうよね。片付けは確かに面倒ね。何回か使わないともったいないこともあるし」

「そうなんだよ」

ぎこちなかった会話がいつの間にか自然なものに戻っていた。

「じゃあ私が教えるから、その……一緒に作りましょ」

「ああ、よろしくおねがいします。先生」

「先生はやめて！」

軽く睨まれたがそんな姿も含めて可愛いと思えるようになってしまっていた。

「教えると言っても、あとはもう揚げるだけなんだけどね」

「そうなのか」

「下味はもうつけちゃってるから。あとはお味噌汁《みそしる》作るくらいかしら」

「そっちは手伝えるな」

「せっかくだから揚げるのに挑戦したら良いじゃない」

「せっかく愛沙が味付けてくれたのに失敗したくない……」

「そ、そう……」

愛沙が顔をそむけるが耳が赤くなっているのは見えてしまっていた。

そんなところを見ていたせいでパッと振り返った愛沙に反応が遅れてしまう。

「でも！　一個くらい……ううん、何個かはやって！　失敗してもまなみは喜ぶと思うし、その……私も、食べたい……から」

「わ、わかった」

ほとんど考えずに返事をした。

そのくらい突然振り返った愛沙との距離が近くて、なぜか愛沙が必死だったから。

「じゃあ、改めて色々教えてほしい」

「ええ。任せて」

先生と呼ぶと愛沙は怒るがその教え方は本当にわかりやすい。

実際に二回、愛沙がやってるのを見せてもらいながら説明を受けて、改めて俺がやることになった。

「じゃあ私はまなみを呼んでくるわね」

「えっ……」

「ふふっ。そんな捨てられた子犬みたいな顔しなくても……」

思わず愛沙を見るとそんなことを言って笑われる。

そんな顔してたのか……？

「大丈夫。それに私が横にいたらどうしても口出ししちゃうし、せっかくなら康貴が全部やったほうがまなみも喜ぶから」

「口出ししてもらうつもりだったのに……」

「まあ失敗したってちょっと焦げるだけよ」

それだけ言い残して愛沙がキッチンを去る。

残されたのは綺麗《きれい》に畳まれたエプロンだけだった。

「やるか……」

緊張しながら鶏肉《とりにく》を取り出し、油の中に投入していった。

◇

「おー……康貴にぃが揚げた唐揚げだけオーラがあるねぇ」

「普通に焦げてるって言ってくれて良いから」

降りてきたまなみに気を遣われる始末だった。

「ごめん愛沙……」

「えっと……私が目を離したのも悪かったから……？」

幸い三人で食べるには十分すぎる量だったから俺の分が食えなくても問題ないんだけど
申し訳ない気持ちは変わらない。

「まあ食べてみれば美味《おい》しいかもしれないじゃない！　食べてみましょ」

「ありがと」

高西姉妹に気を遣われながらの晩ご飯になった。

「じゃあ早速！」

まなみが迷わず俺が揚げた焦げ唐揚げに箸を伸ばす。

「いただきまーす！」

「おい、まだ熱いぞ⁉」

「ふぉんとらっ⁉　はふっ……あつ……」

「揚げたてを一口で口に入れないの……ほら、お水」

「ふぁりはとー」

「はいはい」

しばらくはふはふしながら熱さと格闘していたまなみだったが、なんとか飲み込んだようだ。

「あれ？　焦げてたんだよね？　あの唐揚げ」

「そりゃそうだろ。見たまんまだ」

「えっと、お姉ちゃんのと間違えて食べたとかは……？」

「ちゃんと焦げてたのを食べてるの見たわよ」

「あれー？　普通に美味しかったのにー」

まなみが本気で不思議そうに首をかしげる。

「そんな馬鹿な……」

責任を取る意味と真偽を確かめるために俺も自分で揚げた唐揚げを口に入れる。

「……普通に苦い」

ほとんど同時に愛沙が焦げ唐揚げを口に運んでいた。

「あれ？」

「な？　焦げてるだろ？」

「えっと……」

愛沙も首をかしげて、静かにこう言った。

「美味しい……」

「でしょっ！　さすが康貴にぃ！」

「いやいや、普通に愛沙が揚げたほうが美味しいだろ⁉」

仮に俺のが美味しく感じるならそれも味付けしていた愛沙のおかげだろう。

「私こっちのほうが美味しいからこっち食べるー！」

愛沙の唐揚げと比較した後、まなみが焦げ唐揚げをもう一つ頬張った。

「あっ……まなみ、私も食べたいから残してよねちゃんと」

「えー……だってなんかこっちのほうが……いやもちろんお姉ちゃんのも美味しいんだけど！」

「そうよね……焦げてるし、苦いのは苦いんだけど……なんでかこっちが食べたくなるのよね」

高西姉妹が壊れてしまっていた……。

俺は普通に愛沙の唐揚げに舌鼓《したつづみ》をうつ。

完璧な揚げ加減と味付けだった。ほんとに愛沙は料理がうまいな……。

「あっ！　わかった！」

突然まなみが叫ぶ。

「どうしたのよ」

「多分これね、康貴にぃが作ったから美味しいんだよ」

「えっと……」

まなみの日本語は通訳が必要だった。

「だからっ！　ほら、えっと……料理は愛情……みたいな？」

まなみの言葉に思わず顔が赤くなる。

それじゃあ俺がその……愛情を込めたように思えるだろう。いやもちろん何も考えなかったといえば嘘《うそ》になるが……。

「それでほら！　康貴にぃのことが好きな私たちは美味しく感じちゃうんじゃないかなー？」

「ちょっとまなみっ⁉」

「え？　お姉ちゃんは康貴にぃのこと、好きじゃない？」

無邪気に首をかしげて尋ねるまなみ。

顔を真っ赤にした愛沙がうつむいて、消え入りそうな声でこう言った。

「それは……その……好き……だけど」

こちらまで顔が赤くなる。

今のは家族的な意味だ。友達として。まなみにつられて。

頭にいろんな言い訳を総動員してなんとか正気を保つ。

「えへへ！　だから美味しいんだねー。お姉ちゃん食べないなら全部もらっちゃうよ？」

「なっ！　だめっ！　私も食べる！」

慌てて顔をあげた愛沙と目があってしまう。

これまで見たことがないほど顔を真っ赤にした愛沙が若干涙目に見える顔でこう言った。

「なによ……」

俺は何も答えることができなかった。

その様子を見ながらまなみが焦げた唐揚げを相変わらず美味しそうに頬張っていた。

◇

夜になった。

ずっとまなみにつきっきりも疲れるだろうという配慮で部屋で休むことになって、特に何をするでもなく風呂《ふろ》に入り、与えられた部屋で一人ベッドに転がる。

看病に来たときのようなミスはもうしなかった。

風呂にはしっかり着替えを持って行かせたし、寝る部屋もしっかり用意されているから何も問題ない。

本当に特筆すべき点があるとすれば愛沙の作った唐揚げがめちゃくちゃ美味しかったことくらいだ。

「あれは美味しかった……」

また食べたい。何度でも食べたい。こんなボーナスがあるならいくらでも合宿でもなんでも付き合おうと思えるくらいだった。

意図的にあのときの愛沙の顔は頭の片隅に追いやる。

考えるとドツボにはまりそうだしもう寝よう……。

慣れない場所で寝られないかと思ってたけど、意外と大丈夫そうでよかった。

「まあこないだ愛沙の部屋で寝たのに比べればな……」

すでにベッドでまどろみはじめている自分がいた。すぐ眠りにつける気がする。

「おやすみ……」

誰に言うでもなくそうつぶやいて意識を手放した。

◇

「ん……？」

違和感を覚えて目を覚ます。

そうか。自分の家じゃないもんな……。

「いや違う、これはおかしい……」

タオルケットを抱きしめて寝ていたことは覚えているが、タオルケットはこんなに厚みも無ければ暖かくもない。

恐る恐る目を開けると、あどけない表情ですやすや眠るまなみの姿がそこにはあった。

「なんでだよ……」

まだ外は暗い。

時間はわからないが深夜だろうな……。

「ん？　んむぅ……」

「んむぅ……じゃないんだよ。抱きつくなこら」

軽くこづくが全く起きる気配がない。

「んー！」

「痛っ、しがみつくな！　馬鹿にならない力があるんだからお前は」

「んー！」

「はぁ……」

「んー」

起きない。そして抱き枕にされてしまう……。

本気で起こそうと思えば起きるかもしれないが、その場合それでなくても無防備なパジャマ姿のまなみに必要以上に触れる必要が出てくるのでためらわれる。

ただこのまま寝て明日の朝愛沙に見られたときのことを考えると……それはそれで怖すぎた。

「たのむー、起きてくれー」

「んっ！」

「痛い！」

起こそうとすればするほどしがみつかれて身動きがとれなくなる。

いやもうこれあれだろ、どっかの部活で習った寝技だろ⁉　はずれないぞっ⁉

もう諦めて朝、愛沙より先にまなみが起きてくれることに賭けるか……？

いや宝くじよりのぞみが薄い賭けになるぞ……。

「どうしよう……」

途方に暮れていると救援がやってきてしまった。

タイミングとしてはまぁ、最悪だろう。

「なにしてるの……」

「えっと……これは……」

冷や汗が流れたのを感じる。

必死に言い繕う言葉を探すが、意外なことに矛先は直ちに俺へ向くことはなかった。

「こら、まなみ……起きなさい」

「んう！」

「えっ⁉　ちょっと⁉」

あろうことかまなみは近づいてきた愛沙を抱きかかえてしまった。もちろん俺は足でがっちりロックされていて離れられない。

「こら……いい加減に……ひゃっ⁉　いまの康貴⁉」

「いや、俺もよくわからない」

「そ……そう……でもあんまり動かないで」

「わかった……」

そう言われると今触れているところがどこなのかとか余計なことが頭をよぎる。

「んっ⁉　これどんな力で……外れない！」

「俺の状況がわかってくれたことだけは良かった」

「そうね……いや良くはないのだけど……」

必死に思考の外に邪《よこしま》な気持ちを追いやって精神を集中する。

「ねえ、康貴」

「なんだ……？」

「あのね……その……提案なんだけど」

顔は見えないが神妙な声の愛沙。

「ああ」

「これ以上動くと多分、余計大変なことになっちゃうと思うの」

「そうだな……」

何故《なぜ》か動く度絡《から》まってくるのだ、まなみは。

そしてそれはそれでなくとも無防備で薄着なまなみのパジャマも大変なことになること
を意味するし、次は愛沙もそうなるだろう。

「このベッド、幸いダブルベッドだしね？　その……」

言わんとすることはわかる。

理性の試される夜になりそうだ……。

「このまま、一緒に……」

「仕方ない、よな」

「そう！　仕方なく！　仕方ないから……！」

誰に言い訳するでもなく、二人で仕方ないと繰り返しながら眠りにつくことになった。

「……おやすみ。康貴」

「ああ……おやすみ」

言うまでもなくなかなか寝付けなかった。

◇

「えへへへぇ……」

「えへへじゃないからね!?　どうして康貴のベッドで寝てるの！」

「いやー、ふらふらっと行っちゃったみたい……？」

首をかしげるまなみが可愛《かわい》いせいでこちらも毒気を抜かれる。

「お詫《わ》びにさ、ちゃんと宿題頑張るから！」

「それは当たり前でしょ」

「いやいや、お姉ちゃんたちにもちゃんと良《い》いことがあります！」

まなみの顔がイタズラをするときの顔になってるんだが、この顔をしたまなみに愛沙は弱い。

「良いこと？」

すぐにまなみのペースに乗せられてしまっていた。

「うん！　あのね、今回は康貴にぃもバイト代、あんまりもらってないでしょ？」

「ああ、そうだけど……」

内容が見張りだけだし、俺も横で自分のことをしたい。

気兼ねなくやるために今回はいつもの家庭教師代で引き受けていなかった。

「そこで、今日は私がしっかり頑張る代わりにお姉ちゃんたちにデートをプレゼントします！」

「デート……？」

「うん！　康貴にぃもお姉ちゃんもどうせ宿題終わってるんでしょ？」

「まぁ……」

「そうね」

二人ともこの手のものは先にやりきってしまうタイプだ。

俺も昨日で終わったし、愛沙はもっと早く終わっていたと思う。

「ふーん。お母さんたちにも言ってあるから！　ほら」

自信満々な表情でまなみが携帯の画面を見せてくる。

そこには確かに両親の許可があった。

「行動が早い……」

「真面目にやっても今日と明日《あした》はかかっちゃいそうだから、康貴にぃはもう一日いてもらわなきゃだけどね。ほら、書いてあるけど『だらだらやって伸びるくらいならいいんじゃない？　あんた自分のためよりお姉ちゃんと康貴くんのためって考えたほうが早そうだし』って」

さすが母親。まなみの性格をよくわかっている。

自分のためより俺たちのためっぽい演出をしてあげたほうがまなみはやる気が出るタイプだ。

「でもデートなんて……」

愛沙がためらう。

そりゃそうだろう。理由もなくデートと言われても喜ばないと思う。

俺は愛沙相手なら少し行きたいと思っているけど……。それでもこれに飛びつくのはためらわれた。

「あのねお姉ちゃん、これはすごく貴重な体験だと思うんです」

「貴重な体験……？」

あ、これはまなみの口車に愛沙が乗せられるやつだ。

この雰囲気はもうまなみのペースだった。

「うん。いま康貴にぃが家にいるでしょ？」

「そうね」

「で、明日も康貴にぃの合宿は継続です」

勉強合宿はまなみのためのものなんだが、いつの間にか俺の合宿みたいになってる。まあいいか……。

「どういうこと？」

「今日デートに行くと、お家《うち》から一緒に出かけて、そのまんま二人で同じお家《うち》に帰ってくる特別なデートができちゃうんです！」

「特別なデート……」

「こんな体験、もうできる機会ないと思わない？　お姉ちゃんにとって特別で貴重な体験だと思うの」

「特別で貴重……そうね……そうかもしれないわ」

もはや貴重とか特別のことしか考えていない顔の愛沙がそこにはいた。

デートの相手がとか、そもそも貴重でもその体験に意味があるのかとか、その特別は嬉《うれ》しいものなのかとか、そういう疑問はもう愛沙の頭から消えているようだった。

助け舟を出そうかと思ったが……俺自身期待してしまってる部分があってためらってしまった。

その隙を逃すまなみではない。

「と、いうわけで、今日は二人に貴重な体験をプレゼント！　私は真面目に勉強！　いいよね？」

「ええ……いいかもしれないわ？」

「康貴にぃは？」

当然断れるはずもない。

「わかったよ」

「よーし！　デートコースはねー、お姉ちゃんが前に調べて――」

「わー！　余計なことは言わなくていいの！」

「えへへ」

まなみが言いかけた言葉を愛沙が遮る。

なんかきっと愛沙にも理想のデートコースとかあるんだろうなと思った。クラスで秋津《あきつ》たちと話してたしな。

タピオカとか食べさせられるのだろうか。

まあなんにせよ、楽しみなことに変わりはない自分がいた。

突発デート

「いってらっしゃーい！」

玄関で手を振るまなみに送り出される。

勉強合宿の二日目は突然のデートになっていた。

愛沙《あいさ》と目を合わせようにもなんとなく合わせにくい微妙な距離を感じながら家を出た。

それもこれもほとんどまなみのせいだろう……。

◆

「二人とも、わかってると思うけどこれはもうれっきとしたデートです」

出かけようとする俺たちをわざわざ呼び止めたまなみが何やら真剣な表情で告げる。

「まぁ、男女二人で出かけるのはデートと呼ぶわね」

愛沙が顔を逸《そ》らしながら答える。

まなみは笑顔で頷《うなず》いていた。

「で、せっかくの貴重な体験をさらに大切なものにするために、二人にミッションを与えます！」

「ミッション……？」

「うん！　デートコースは今日はお姉ちゃんので良いので、大事なのは中身！」

「中身……」

いまの愛沙はポンコツなのでまなみの言うことは割となんでも受け入れそうで怖い。

「まずね、二人の距離がぎこちないとナンパにあいます！」

「ナンパ……」

これについては前例はあるのでなにも言えなかった。大人しくまなみの話を聞くことになる。

もう俺までまなみのペースにはまってしまっていた。

「お姉ちゃんが一人の時に声をかけられるのは仕方ないにしても、男の人がそばにいながら強引に誘うタイプも中にはいます！」

「そうなのか……」

勇気があるなと思うがはた迷惑な話ではあるな。

「あ、こいつらカップルじゃないな、と思われたらその時点でターゲットだよ！」

「確かにそうかも……？」

「と、いうわけなので！　カップルに見える行動をしっかりすること！」

カップルに見える行動……ってなんだ？

「例えば！　二人で歩くときは手を繋《つな》ぐとか！」

「手を繋ぐ……」

「カップルシートで映画を見るとか！」

「カップルシートなんかあるのか……」

「パフェをあーんで食べさせあったりとか！」

「あーん……」

なるほど確かにデートっぽい、のかもしれない。

が、実際にそういう関係でない俺たちが行うにはどれも割とハードルが高い気もした。

いやなんだかんだ手くらいはつなぐ機会もあるだろうか……？

「じゃ、頑張ってね！」

言いたいことだけ言うとまなみは俺たちを追い出すように送り出した。

◇

「ん」

　無言で手を差し出してくる愛沙。

　意図はわかる。顔を赤くして逸らしているくらい必死なのもわかる。それでもまぁ、まだ玄関でまなみが見てる以上繋いでおいたほうがいいだろう。

「はい」

「ん……」

　絡《から》めるように繋いだ手に意識を持っていかれる。

　細くて折れそうな指だった。

「で、どこ行くんだ？」

「とりあえず、駅前」

　地元の駅は割となんでもある。映画、カラオケ、ゲームセンター……少し歩けばボウリングもある。

　普段なら自転車で行くが今日はバスを使うことになってるらしい。

「映画、何か見たいのある？」

「映画かー……今何やってたっけ」

「バスで一緒に調べましょう」

ぎこちないながらもなんとか会話を続けながらバス停に向かうことになった。それでも一応、繋いだ手を離すことはなかった。

「ああ……」

◇

「これとこれは面白そうだと思うの。レビューも良かったし」

バスに乗ってすぐ愛沙が見せてきたスマホの画面には、今話題の監督の最新作と、子犬が花畑にたたずむハートフルそうなものが並んでいた。

「あ、これは気になってたかも？」

動物のほうはあんまりよくわからなかったがもう一方は知っている。

というより曲も人気になっていることでいまや町中で話題になる人気作だ。そのうちチェックしておこうと思ってたものだった。

「じゃあこれでいいわね」

「いいのか？」

「うん。でも他に見たいのがあれば、それでもいいわ」

スマホを覗《のぞ》きあって他のものもチェックしていく。

話題さえ見つかればまああぎこちなさも解消される。バスに乗るときに手を離したからという理由もあるが。

「？　どうしたの？」

「いや……」

ただバスに乗った弊害もある。二人がけの席は妙に狭く肩がどうしても触れ合う距離。その状況でお互いの携帯を覗き込むわけだから、当然距離は近くなる。

良くも悪くも愛沙がそこはあまり気にすることがなかったので必死に合わせていた。

「んー、これ、次の上映まで時間あるわね」

「そうなのか。まあ時間はどこでも潰せるだろ？」

「まぁ、そうなんだけどね」

多分ゲームセンターとかカフェに行くだけで大丈夫だろう。

「じゃ、チケット取っちゃうね」

「ああ」

スマホからシートまで選択できるらしい。

「えっと……」

愛沙が躊躇《ためら》ったのはまさにこのシートの選択画面だった。

通常の間取りの一部だけ、ペア専用のシートになっている。そこには堂々とカップルペアシート、と記載されていた。

「カップル……」

「普通にペアシートとか書いてくれればいいのにな……」

「えっと、これは……カップル料金になるみたいだから……」

下の方に小さくこう記されていた。

入場時にカップルであることを証明していただくために手を繋いで仲の良さをアピールしてください、と。

「なるほど……」

そういえば監督に注目が集まって意識が薄れていたが、この映画は割と恋愛描写も強いらしい。

キャンペーンも兼ねてあえてペアシートをカップル用と銘打っているようだった。

ちなみに通常の二人分の料金より少し安く、飲み物とポップコーンも付いてくるサービスの良さはあった。

本当のカップルならありがたいサービスだろう。

「手を繋ぐぐらいなら、いいよね？」

「それは今さらだろ」

「そうだよね！　うん、そうだよね」

話しているうちに駅前に着いたようだ。

愛沙はカップルシートを購入したらしい。

「お金、崩して渡したいからゲーセンでいいか？」

「うん」

顔が赤いままの本調子でない愛沙の手を取って、バス停の目の前にあったゲームセンターに入っていった。

流石《さすが》に駅前は他の生徒の目も多くなるので手はすぐ離したんだが、愛沙は俺の服の裾をつまんで離れないようにくっついてきていた。

◇

「これでいいよな？」

「うん……ええ……」

お札を崩して映画代を愛沙に渡す。

わざわざ崩した理由は愛沙がきっちり半分しか受け取ることがないからだ。

いつもなら少しでも多く出そうとすれば突き返されるんだが、今日はどこか上の空だった。

これなら崩さず多めに渡してもばれなかったかもしれない。

「どうした？」

「うん……えっと……その、この後どうしよっか？」

チラチラ上目遣いでこちらを窺《うかが》うものの頑《かたく》なに目を合わせない愛沙。

やっぱり学校の人間に見られる可能性が高い場所では気になるんだろうか？

「んー、愛沙ってゲーセンよく来るか？」

「え？　んー……莉香子《りかこ》となら」

「秋津《あきつ》か。なんか音ゲーやるって言ってたな」

「こないだはよくわからない洗濯機みたいな機械で腕が六本くらいないと出来なそうな譜面をやってたわね」

腕が六本……。

言わんとすることはわかるし、それをやる秋津というのもイメージ出来るところがまた面白かった。

「そういえば美恵《みえ》もやるって言ってたわね」

「加納《かのう》……まあ運動してるしリズム感もありそうだよなあ、フィギュアって」

普段の口数少なくおとなしいイメージからだと意外ではあるが、やってることを考えるとできるのは不思議じゃない。

「音ゲー、やるか？」

「えっと……」

歯切れが悪い。これは多分あれだ。

まなみからなにか指示があったんだろう。

俺のところにも個別メッセージで色々送ってきてたからな……。

出来る男は車道側を歩かせない！　とか、今日の夜ご飯のオススメはここ！　デザートは必ずあーんすること！　などだ。

愛沙のほうはどうかと思っていたが……。

「あのね、プリクラ、撮らない？」

なるほど……そうきたか。

「ダメ……？」

黙っていたせいで愛沙が不安そうに服の裾を摑《つか》んできた。

「いや、ダメじゃないけど」

をしていた。

「よしっ！」

まなみからの指令を達成出来ることに安心したんだろうか。愛沙が小さくガッツポーズをしていた。

「あっ、これは……えっと違くて……あの……」

「わかってる。で、どっちだっけ？」

「こっち……」

プリクラコーナーといえば男性立ち入り禁止の聖域だ。もはやどこにあるかもよく知らない。

愛沙は目を合わせずに服の裾を引っ張って誘導し始めた。

「ここか……」

妙にピンクだし雰囲気からして男を寄せ付けないオーラがあった。前に立ってるだけで拒絶されているかのような錯覚に陥る。

「なんで固まってるの……」

「いや……なぁ？」

一応理屈だとわかるんだ。

男性のみの入場お断りとでかでかと書かれたプレートの下に、女性を含むグループやカップルを除くと書いてあることは。

「もしかして、入ったことない？」

「……ない」

「ふふ……そっか。うん……そっか」

そんな優越感でいつもの調子を取り戻さないで欲しかった。

「ここで立ってたら余計怪しいわよ？」

「それは確かに……」

愛沙に手を引かれて恐る恐る足を踏み入れる。

「なんか色々あるんだな……」

「そうよ。ほら、早く」

目の前にも同じような機械が置いてあるのにズンズン奥に引っ張られる。なにか俺にはわからない違いやこだわりがあるのだろう。

「んー」

ようやく足を止めた愛沙がいくつか足元を覗き込んでいった。

「ここ」

「ああ」

「早く入る！」

「あ、あぁ……」

固まってたら押し込まれるように中に入れられた。

俺が財布に触れる暇もなくテキパキと画面を進めていく愛沙。

「どれがいい？　背景」

「え、どれがいいんだ……？」

「とりあえずこれと、これと、ほら！　早く押さないと終わっちゃう！」

「え？　はやくないか⁉」

こういうのを見ると愛沙も女子なんだなと改めて認識させられる。

いや間違いなく女子なんだが、こう、普段はお姉ちゃんとしての愛沙や家族みたいな愛沙という認識が強いんだなというのを実感させられた。

「もう！　じゃあこれで！」

「ああ」

機械から笑ってー！　と指示が飛んだ。

「え？　もう撮るのか⁉」

「そうよ！　ほらちゃんとカメラ見て！」

「カメラどこ⁉」

「あっち！」

　こーんなかんじ、と表示された画面には、俺の方を見てカメラを指差す愛沙と何故《なぜ》か下の方に目を彷徨《さまよ》わせた俺がいた。

　なるほど、画面を見てるとこうなるのか。

　──次は二人で可愛《かわい》いポーズ！

「え、どんなポーズだ⁉」

「ふふっ……ほんとに初めてなのね」

「言っただろ！　え、もうカウントダウンしてる⁉」

　カシャと音が鳴り表示された画面には口を開けたまぬけな男としっかり微笑《ほほえ》んだ美少女がいた。

「次はちゃんと写る……！」

「はいはい」

　そう決意して臨んだというのに想定外の指示が飛んできた。

　──変顔！

「え、変顔⁉」

戸惑っていたらよくわからないポーズで何故か横を向いた俺と吹き出した愛沙が画面に収められていた。

「あははっ！」

「ほらほら、次もあるわ！」

「次こそ！　ぎゅーってくっついて、仲の良さをアピールしてね！　三、二、

――全身で！」

「ぎゅーっ⁉」

「もう……こうするの」

「え」

――こーんなかんじ

そこには目を瞑《つぶ》って顔を逸《そ》らしながらもしっかり俺に抱きつく愛沙と、やはり間抜けに口を開けて茫然《ぼうぜん》とする俺が写っていた。

◇

「疲れた……」

「ふふ。お疲れ様」

終始余裕のある愛沙に笑われながらなんとか撮影を終え、休む間もなく落書きコーナーでまたよくわからない作業をさせられ、ようやく自分のアドレスを打ち込むところまで終わったところだった。

「あとはもう待つだけで良《い》いんだよな？」

「そうね。もう一枚とる？」

「え……」

「あはは。冗談だからそんな絶望的な表情しないで」

笑いながら愛沙が言う。こんな屈託無くお腹《なか》を押さえるようにしてまで笑う愛沙を見たのは久しぶりな気がした。

「あ、出来た。あとはこれを切ったら――」

そう。プリクラの相手に必死過ぎて、あるいは愛沙との時間が楽し過ぎてだろうか。

すっかり忘れていた。

ここが駅前だということを。

「あれ？　愛沙？」

まぁ、いるよな……知り合い。

この駅は周辺一帯全てからアクセスがいい。

ある程度住んでる場所から離れていても、休日はここまで出てくる生徒が多いという便利な駅だった。

「藍子《あいこ》……？」

声をかけてきたのは委員長の東野《とうの》。俺を見てしまった、という顔をしているところを見ると、愛沙だけを見つけて声をかけたんだろうな。

まさか一緒にいるのが俺とは思わなかった様子だ。

「えっと……邪魔してごめん？」

「なにがよ」

東野が目で謝ってきていた。いや別にいいんだけど、周りのメンバーに見覚えがあるようでないという不思議な感覚のほうが気になる。

クラスメイトではないが、どこかで見たことが……。

「ふーん、お友達？」

「はい。クラスの」

「こんにちは」

あ、どこで見たかわかった。全校集会だ。

目の前に立つとふわりとウェーブのかかった髪が揺れて、隠れていた目元が見える。

一見ただのおっとりしたお姉さんだがこの人も愛沙やまなみと同じ、学年を跨《また》いだ有名人。壇上で喋《しゃべ》る姿は堂々たるもので、最近だと校長先生より喋るのが上手《うま》いとか言われているくらい。

「はじめまして。一応生徒会長をやってるんだけど……で、あっちが書記、あっちが庶務」

下級生っぽい二人がペコリと頭を下げた。

「はじめまして、会長さん」

「はじめまして……」

生徒会の中でも女子だけで集まったというところだろうか。

人柄をろくに知らない学年を跨いだ相手に投票せざるを得ない選挙システムのせいだろうか。全員整った顔立ちだった。

「あはは……ごめんね？　でもいよいよ付き合ったんだねー！　また話聞かせてね！」

「いや、俺たちは別に……」

訂正しようとした俺の言葉は会長の言葉に遮られる。

「お似合いのカップルね。まるで長年連れ添ってきたみたいな」

完全に誤解されてしまった。

なんとかしようと口を開くも今度は東野が気を利《き》かせたように早口で捲《まく》し立てた。

「あ、会長。この二人は幼馴染《おさななじみ》で……あ、ごめんねー！　また今度ー！」

そのまま会長の背を押して移動する東野。

二人の下級生もペコリと頭を下げて去っていった。

結局誤解を解くことは出来ず、嵐のように過ぎ去る四人をただ見送るしか出来なかった。

「あー……悪い。あとで東野に言っといてくれるか？」

幸い生徒会の人間たちがわざわざ言いふらすようなことは無いだろうから、東野だけ勘違いを訂正すればいい。

と思ったが愛沙はぼーっとしていて反応がない。

「愛沙……？」

「お似合い……カップル……」

「愛沙？」

「あ、ごめんなさい。何かしら」

「……いや、プリクラ、切ろうか」

東野には俺からいっても良いだろう。

「そうね」

「これ、どうやって使うのが正解なんだ……?」

「別に何かに貼ったりしないで持っていることが多いかも?」

「そうなのか」

「うん……」

そう言ってなぜか愛沙は半分に分かれたそれを、大事そうに胸の前で抱えた。

その様子がなぜか、すごく可愛く見えていることに、いよいよ覚悟を決める必要を感じながら愛沙を眺めていた。

◇

「カップルシートのご利用ですねー! お手を繋《つな》いでのご入場お願いいたしまーす」

たどり着いた映画館。

お姉さんが元気にカップルを誘導し、それに応えて何組も仲睦《むつ》まじげな男女がゲートをくぐっていた。

「思ったよりハードル高いな……」

「あんなに目立つのね……」

もうここまでくれば行くしかないことはわかっているんだが、どうしてもあの中に飛び込む勇気がなかった。

　さっき東野に会ってしまったせいでお互いに周りを気にしている部分もある。

「でも、行かなきゃだよなぁ」

「もうこれ、もらっちゃったしね……」

　俺たちの手元には馬鹿でかいポップコーンと同じく馬鹿でかいコーラがそれぞれ握られていた。

　ご丁寧にコーラにはストローが二つ付けられている。

「行くか……」

「ええ……」

　覚悟して踏み出したところで前を一組のカップルが横切った。

「カップルシートのご利用ですねー！」

　やはり大声で愛想《あいそ》良く、いや半ばヤケクソ感を持って女性のスタッフが対応していた。

　仲良さそうに女性が腕を組み、男も無表情ではあるがされるがままになっていたところを見ると仲はいいのかもしれない。

「あ……」

　愛沙が声をあげた。ゲートを潜ろうとしていた男が横目にこちらを見て目があう。あってしまう。

「ふっ……」

ニヤッとした表情を見せて何を言うでもなくそのまま立ち去ったのは、間違いなく暁人《あきと》だった。

隣の女の人は見たことなかったけど。

「あれ……滝沢《たきざわ》くん、よね？」

「そうだな……」

絶対あとで色々言われるやつだ……。

「良かったの？　何も言わなくて」

「気は遣ってくれたんだろうと思う」

東野の時のように声をかけられるとまた微妙な距離になることは、暁人にはわかっていたんだろうな。

「このペースだと色んな人に見られそうね」

「そうだな……」

「ふふ……」

なぜか愛沙はその状況で楽しそうにしていた。

「愛沙に迷惑がかからないようにだけ気をつけるよ」

「迷惑……？」

「俺と付き合ってるって噂《うわさ》がたったらややこしくないか……？」

「あ、ああ！　そうね……そうかも……？」

「だよな」

やっぱり夏休みの愛沙は気が抜けてるようだ。

俺がしっかりしておこう。休み明けに愛沙が後悔しないように。

「じゃ、いくか」

まだボーッとしている愛沙に手を差し伸べる。

「ええ……えっと……」

「手、どうせなら最初から繋いでたほうが目立たないと思ったけど？」

「そっか、そうね……そうよね」

やっぱりどこか上の空の愛沙の手を引いて入っていった。

最初から手を繋いでいたこともあって、大きなトラブルもなく館内に入ることができた。

◇

「予告ってこんな長かったっけ」

「こんなもんでしょ、映画は」

カップルシートは二人がけのソファタイプで真ん中に沈む作りになっており、ほとんど強制的に密着せざるを得ない形になっていた。

これについては幸いにも愛沙はあまり気にならないようだったので良かった。バスと言い無防備だなとは思うが、これも家族認定のおかげだろうか……？

今は密着しているおかげでこうして小声で話す程度には問題ないところがメリットになっていた。

「あ、これ気になる！」

映画館に入ってから延々と流れている予告宣伝ムービーを見ながら話をしていた。

まだ人の出入りもあるし多少話していても大丈夫そうだ。

「じゃあまた来るか？」

「いいのっ⁉」

「お、おう……」

愛沙の反応が思いの外、前のめりで驚く。いやそれより自分でも驚くほどあっさり誘ったな……。

少し前までのことを思えば考えられなかったことだ。

「えへへ……」

隣で嬉《うれ》しそうにする愛沙を見ていると何か勘違いしてしまいそうだったので必死に映画に集中することにした。

ちょうど本編が始まるところだった。

「始まるわね」

そう言って愛沙はなぜか俺の手をぎゅっと握った。

なぜだ……。

「飲み物、欲しかったらこれで合図して」

「ああ、そういうことか」

飲み物は愛沙のほうに置いてある。最初から手を触れていればスムーズに意思の疎通が図れる。

なるほど、そこまで考えてたんだな……。

それ以上の意図はない。

決してない。

よし。

それなら手のことは気にせずに映画に集中しよう。

「……」

物語はすれ違ったまま別れた二人の幼馴染が奇跡的に再会を果たしたところから始まった。

『もしかして……貴方《あなた》……』

ぎこちないながらも意識し合う二人のおりなすじれじれした関係は見ていてドキドキさせられるが、同じ幼馴染ということでシチュエーションが愛沙とかぶるのが妙な気持ちにさせられた。

着替えシーンを覗《のぞ》いてしまった時の話とかもう、勘弁して欲しい。

「……なによ」

愛沙も意識させられたようで手を握って睨《にら》まれた。

理不尽だ……。

物語は中盤以降、ヒロインの過去に触れられていく。ヒロインに秘密があるようでその部分が明らかになるにつれて、二人の関係は運命に振り回されるように揺れ動く。

幼馴染と思っていた相手は、実は本来出会うはずのなかった別の世界線の二人。偶然幼少期をともに過ごす運命のイタズラにあったらしい。

「……！」

愛沙の手に力が入っていた。

『私はね、ほんとはお別れを言いに来たの』

奇跡の再会はヒロインが起こしたものだった。そして二人はそれぞれもとの世界に戻る必要がある。

『あなたはこの世界で、幸せになって』

諦めきれない主人公を振り切って虚空《こくう》に消えるヒロイン。

物語は数年後に舞台をうつした。

『もしかして……貴方……』

ヒロインに起こせた奇跡なら自分にも。二度目の再会を果たした二人が抱き合うシーンで物語は幕を閉じた。

「……良かった」

愛沙は意外と涙もろいところがある。

最近になってもよく部屋でも小説を読んで泣いてるらしい。まなみ情報だが。

エンドロールが終わった頃にちょうど愛沙も落ち着いたようだ。

「行こうか」

「そうね」

暁人たちはもう出たらしい。

映画のあとどうするかとか、あんまり考えてなかったな。

時間を確認するためにスマホを開くと見計らったようにまなみからメッセージが来ていた。

『お姉ちゃんは映画のあとお話したいタイプだから、カフェでのんびりするといいよ！

その間に夜ご飯も予約しちゃうんだよ！』

なるほど。

「どうしたの？」

「いや……このあとどっかカフェとかで話そうか」

「うんっ！」

嬉しそうな愛沙を見るとほんとに、さすが姉妹だなと思わされた。

◇

「でねっ！　あそこで主人公があぁ言ったのがほんとにかっこよくて！」

まなみの情報通り愛沙は映画の内容を反芻《はんすう》するように語るのが好きなようだった。

特に俺が何か喋《しゃべ》らなくても愛沙が楽しそうに話を続けてくれる。

「康貴……？」

「どうした？」

「なんか私ばっかり喋ってる気が……」

実際愛沙ばっかり喋ってはいるんだが、それは今は問題じゃないな。

『楽しそうに語るお姉ちゃんは可愛《かわい》いから必見だよ！』

まなみのメッセージを思い出して思わず笑う。

「あっ……やっぱり一人で盛り上がってるから笑って……」

「ごめんごめん。違うよ」

笑いながら愛沙に謝る。

「じゃあ……」

「愛沙が可愛いなと思って見てたんだよ」

言葉にしてから自分でなんてことを言ったんだと思うが後の祭りだった。

まなみのメッセージに引っ張られて、思わず本音が口に出た。

「なっ……」

愛沙が戸惑うのも無理はないだろう。

「えっと……」

何か言わないとと慌てるが、愛沙は顔を赤くしたまま少し頬を膨らませてこう言った。

「なんか……子ども扱いされてる気がするわ……」

「いや、そんなことは……」

ない、と言おうとして、今の愛沙の姿を見る。

確かに少しいじけたような今の愛沙は子どもっぽいかもしれなかった。

「あっ！　また笑ったわね……！　やっぱりそう思ってるんじゃない！」

「違うって、ごめんごめん」

「もうっ！」

映画に夢中になって一人で語る愛沙も、こうやって子ども扱いされたと思って怒る愛沙も、何をしていても可愛いと思ってしまう。

「康貴も感想を教えて！」

「ああ……えっと……」

「ちゃんと面白かった？　私だけじゃないわよね？」

「それはもちろん。面白かった！」

「具体的には……？」

「えっと……」

いつもより少し子どもっぽい愛沙に急《せ》かされながら、俺も映画の感想を口にしていく。

だが一つだけ、思っていても口にできない感想もあった。

映画みたいに離れることにはなりたくないなんて。

「何か隠してるわね？」

「いやいや……あ、夜ご飯のお店の予約しといたから」

「話をそらさな……え？」

あれ？

まなみは夜ご飯はこっちで決めて問題ないって言ってたけど、愛沙のプランでもう店まで決まってたのだろうか。

「ごめん、もう店決まってたか？」

「いや……えっと、全然大丈夫！」

「決まってたならそっちでも……」

「違くてっ！」

少し子どもっぽくなっていたからだろうか。

愛沙の口からこんな言葉が飛び出してくる。

「康貴がディナーのお店の予約してくれるのが……その……理想のデートプラン通りでびっくりしたの！」

「おお……」

「あっ……」

かぁっと一気に顔を赤くしていく愛沙。

「違くてっ！」

「わかったわかった」

「わかってないっ！」

涙目で身を乗り出してぽこぽこ俺の腕を叩《たた》いてくる愛沙をなだめるのに、しばらく時間がかかった。

◇

「落ち着いたようでなにより」

「ええ……」

口数は少ない。

あれからまたぎこちない距離のままウインドウショッピングをしながら予約したお店を目指した。

お互いなにか喋ると墓穴を掘ると思ったんだろう。

「ちょっと暗くなってきたね」

「そうだな」

まだまだ夏真っ盛りとはいえ、流石《さすが》に少し暗くなってくる。

まなみのメッセージが頭をよぎった。

『康貴にぃは道路側をキープ！　絶対手は繋《つな》ぎっぱなし！　暗くなってきたらなおさらだからねっ！』

愛沙は俺に触れるか触れないかの距離をキープしている。

俺は一応しっかり道路側を歩くように意識していたが、手は繋げずにいた。

改まると恥ずかしいような、こそばゆいような気持ちになるのだ。

でもまぁ、今日は頑張るか……。

「愛沙」

「なに？」

「手、つなぐか？」

顔は見れなかった。

差し伸べた手にそっと愛沙の手が重なる。

「うん……」

そこからの道中は、それまで以上に口数も少なく、それでもそれまで以上に愛沙を感じながら歩くことになった。

◇

「わぁ……」

目を輝かせる愛沙。

「隠れ家キッチンとか書いてあったけど……ほんとにそうだな」

路地の一角。

階段を降りた先にあるおしゃれなレストランが予約場所だった。

「康貴、来たことあったの？」

「いや、ネットの評判見て愛沙が好きそうなところを探したんだけど……」

「ありがとっ！」

料理が運ばれる前から愛沙は満面の笑みだった。

良かった。こういう雰囲気が良《い》いという俺の読みは外れていなかったらしい。

「コースで出てくるみたいだからメニューはないけど、昼もやってるらしいから……」

秋津たちと行ったらどうかと言おうとしたら、その前に愛沙がこうかぶせてきた。

「また来てくれるの⁉」

目をキラキラさせる愛沙。

予想していない一言に少し戸惑ったが、返事はもちろん決まっていた。

「愛沙が来たいなら」

「やった！」

心底楽しそうに微笑《ほほえ》む愛沙を見て思わず抱きしめたくなる。

店内だったおかげで思いとどまれたのは良かった。

危なかった……。

「あ、何か運ばれてくるわ」

楽しそうな愛沙を見ながらディナーを楽しむ。

だが愛沙にこの気持ちを悟られないかが心配で、目の前にいる愛沙が笑う姿が眩《まぶ》しすぎて、味なんてほとんどわからなくなる。

「美味《おい》しいわね、康貴」

「ああ……」

それでもなんとなく嘘《うそ》はつきたくなかった俺は、愛沙の言葉に曖昧に微笑むしか出来なかった。

デート報告会【まなみ視点】

「でね！　そのあとカフェで話をして、もう帰るのかなって思ったら夜の予約までしちゃってたんだよ！　康貴《こうき》！」

「良かったね、お姉ちゃん」

帰ってきて夢見心地なお姉ちゃんを捕まえたらどんどん色んな話が出てきていた。本当に幸せそうで普段のお姉ちゃんの精神年齢よりかなり低くなってるのが心配なくらいだった。

康貴にぃがお風呂《ふろ》に入ってる今のうちに色々聞き出せてよかった。

「でも、そこまで行ったのに大きく進展はしないんだねぇ……」

康貴にぃはほんとに……。いやまぁ、そう簡単にいく二人ならこんなにこじれることもなかったよね……。

「進展……？」

全くそんなことなど頭になかった様子で首をかしげるお姉ちゃん。

幸せそうなのは良いんだけど……そんな良い雰囲気で夜道を手をつないで帰ってきたの

に、話を聞く限り手を繋ぐ以上の接触はなさそうなのだ。

お姉ちゃんは素直じゃないし、康貴にぃは鈍感だから……このまま放っておくとまたこじれちゃうよなぁ……。

仕方ない。

「もっと仲良くなりたいよね？」

「そう……ね？」

いい感じにふわふわしてる今のお姉ちゃんなら丸め込めそうだよね。

「そんなお姉ちゃんにこの夏休み最大のイベントをご紹介します！」

「最大のイベント……？」

きょとんとするお姉ちゃん。こういう表情は我が姉ながらほんとに可愛《かわい》いなぁと思ってしまう。

多分康貴にぃも、前みたいに睨《にら》んだ顔しか知らないわけじゃないし、こういうところでちょっとずつジャブは与えられてると思うんだよね。

「？　まなみ？」

おっと今はお姉ちゃんがしっかり夏のうちに勝負を決められるようにするんだった。

お姉ちゃんたちの性格で夏を過ぎてから学校でまた同じ関係値を維持するのは難しいだ

ろうから……。

「お姉ちゃん、夏といえば？」

「映画……？」

だめだ。

もう壊れちゃってる。

「映画はいつでもいける！　また行く約束したんでしょ？」

「えへへ……」

だめだ！

お姉ちゃんが溶けてる！

「夏休み最後のイベントがあるでしょ！　花火大会！」

「そうね？」

「それ、康貴にぃ誘って行っておいでよ」

「康貴と……？」

お姉ちゃんにいつもの判断力がないからもう逆にけしかけちゃったほうがいいかもしれない。

「お姉ちゃんから花火に誘うんだよ？」

「うんうん……？」

「で、ちゃんと浴衣《ゆかた》着て二人で行く」

「二人で……」

ぽわぽわと音が出そうなお姉ちゃん。

……もういっか。

このままいこう。

「で、夜、いい感じの雰囲気になったら」

「いい感じの雰囲気……」

「お姉ちゃんが康貴にぃにしっかり好きって伝える」

「好き……好き？」

顔が赤くなるお姉ちゃん。

「好き⁉」

目がぐるぐるしてる！

これはこれで可愛いけどだめそうだ。

「もうね、ここまで仲良くなってたら、康貴にぃを落とすためにはもう一歩なんだよ」

「落とす……」

「でもね、お姉ちゃんがあんまり自覚なくこれだけ好きアピールしてても康貴にぃはだめだったから、はっきり言うしかないと思うの」

「好きアピール⁉」

色々混乱してるみたいだけどそろそろお風呂からも出てきちゃうから急ごう。

「とにかく！　浴衣！　夜！　非日常！　そして告白！」

「告……白……」

「そこまでやればもうバッチリ。康貴にぃはお姉ちゃんのもの！」

「私の……？」

お姉ちゃんを急がせるのには色んな理由があるけど。

「夏休み中に告白できなかったら……」

「できなかったら……？」

「康貴にぃは別の女の子と付き合っちゃいます」

「え⁉」

絶望的な表情のお姉ちゃん。

お姉ちゃんに、康貴にぃには現実的にそんな候補がいないとか、お姉ちゃんが圧倒的に有利だとか、そういう話は頭にないと思う。

「嘘……」

「ほんとです」

「どうしよ……」

「告白……するしかない」

「告白するしかない！」

とにかくその気にできれば何でもいい。

お姉ちゃんはその気になったはず。

正気に戻ったときにどうなるかわからないけど、普段の感じだと「告白しなきゃ」っていう焦《あせ》りだけはしっかり持ってもらえたと思う。

「頑張ってねお姉ちゃん」

「うん……！」

「まずはこのあと花火に誘わなきゃだよ？」

「そうね……？」

よしよし。大丈夫そうだ。

これは勘だけど、なんとなーく、夏休みが明けちゃうとまずい気がする。例えばなんかこう、強力なライバルが現れちゃったり……？　そうじゃなくてもまた学校に行ったらぎこちなくなるはずの二人に、そんなの来ちゃったら次のチャンスの冬休みまでこんな関係でいられる気がしない。

「頑張ってね」

「うん！」

それに早くしないとお姉ちゃん。

私が康《こう》にぃのこと、もらっちゃうからね？

ほんのちょっとだけ、そんなことを思っていたらお風呂のほうから康貴にぃが出てきた音が聞こえた。

ご褒美《ほうび》デート

「そういやまなみ、宿題は進んだのか？」

「んー、もうちょい！　でも今日は頑張った！」

そう言って宿題を広げて今日の戦果を報告するまなみ。確かにかなり頑張っていた。

この分だと明日《あした》には終わりそうだな。

「よく頑張ったな」

「えへへー」

ねだるように頭を差し出してきたので撫《な》でてやると、嬉《うれ》しそうに笑った。

「それより康貴《こうき》にぃはどうだったの！　デート！　楽しかった？」

「そうだな。楽しかったよ、ありがと」

「えへへー。お姉ちゃんも楽しかったみたいだし、頑張ったかいがありますな」

ほんとにまなみには感謝しないとだ。結局今日、愛沙《あいさ》も俺も楽しめたのはほとんどまなみのおかげだからな。

「いつもありがとな」

改めて撫でながらお礼を言うとまなみがうつむいた。

「どうした？」

「うぅ……改まって言われるのは、なんか、ちょっとこう……」

なるほど照れたのか。

「可愛いなぁ。まなみは」

「うぅーー！」

「よしよし。いつも頑張ってるな」

「もうっ！　遊んでるでしょ！　康《こう》にぃ！」

ついに耐えきれなくなったようで手を払いのけるように顔を上げた。

赤くなっていてちょっと涙目で可愛かった。

「もうっ！　そういうのはお姉ちゃんにやってあげて！」

「ええ……愛沙にこんなんやったら俺、次の日無事でいられる気がしない……」

「お姉ちゃんを何だと思ってるの……」

いくら仲良くなったかなと思っていてもこんな距離感で近づこうものなら、またあの凍《い》てつく目線を送られる日々に逆戻りではないだろうか。

手を繋《つな》ぐ以上の接触はこう……家族認定から外れる気がして怖かった。

「今度やってみたらいいよ」

「勘弁してくれ……」

まなみは俺をどうしたいんだ。仕返しだろうか。

「まぁまぁそれよりっ！」

「どうした？」

「明日で合宿は終わっちゃうし、私はしばらく部活のお手伝いにでかけちゃうんだけど」

「そうだな」

まなみの部屋のカレンダーを見ると、もう夏休み明けまでびっしり助《すけ》っ人《と》の予定が入っていた。

「お姉ちゃんはそんなに忙しくないみたいです」

「そうなのか？」

秋津《あきつ》たちとどっか行ったりするのかと思っていた。

「私を除いて今一番家族に近いのは康貴にぃだよね？」

「それは……そうかな？」

家族に近い。

なんとなくしっくりくる愛沙との関係値な気がする。

「よろしい。じゃあお姉ちゃんに寂しい思いさせちゃだめだよ？」

「どういうことだ」

「ほら、毎日何気ないことでメッセージしたり、通話したり……どうせ康貴にぃ、なんも送る気なかったでしょ！」

たまに愛沙からメッセージは来るようになったけど、特段用事がないのに送るためのものという認識がない。

「それ、迷惑じゃないか……？」

「世の中の仲のいい男女はみんなそうなんです！」

「そうなのか……？　まなみも？」

「私のことはいいのっ！」

「おう……」

説得力がない。

「とにかく！　ちょこちょこ連絡してあげてね！」

「どんなこと連絡すればいいんだ……」

「そうだなー……あ、私の活躍とか？」

「それは愛沙から送ってくるもんじゃないか？」

「あ……」

結局何をすればいいかよくわからなかったが、とにかく夏休み後半、定期的に連絡するようにとだけ厳命を受けた。

まぁまなみのやることだ。きっと愛沙もなにか言われているだろうから、あわせてもいいかもしれない。

あわよくばもう一度くらい、映画に行くのも、もしタイミングがあればなと考えるようになっていた。

◇

「おわったー！」

「よく頑張ったなぁ」

「えへへー！　もっと褒めて！」

勉強合宿三日目。

最終日の昼過ぎには残りの宿題をしっかり終わらせたまなみがいた。

明日から早速助っ人の予定ができたまなみは凄《すさ》まじい集中力を見せていたため、横に立っていても全くやることがなかった。

俺は横で愛沙に借りた小説を読んでいたくらいだ。

「でも思ったより早かったな」

「私にとっては今日が夏休み最後だからね！　お出かけしよ！　康にぃ！」

「あー、いいな。どっか行くか」

「いいのっ⁉」

「なんで誘っといて驚いてるんだ……」

せっかく早い時間に終わったんだ。

そのくらいはいいだろう。

なんならこのなにもしてなかったのにもらったバイト代はここに還元するべきという気持ちすらある。

「わーい！　お姉ちゃーん！」

部屋を飛び出すまなみ。

三人で出かけることになりそうだった。

◇

「……」

「……」

「えへへー」

バス停に向かう間、なぜか俺と愛沙の間に入って手を取ってきたまなみ。

一方俺と愛沙はどことなくぎこちない感じになっていた。昨日の反動みたいなものかもしれない。

実際恥ずかしくて愛沙の方を見られないから、まなみがいてくれるのは助かるとすら思うほどだった。

「で、どこに行くかは決まってるの？」

「んー、お姉ちゃんたち映画行ったばっかりだからなー」

特別何か行き先は決まってないが、とりあえずどこに行くにも駅に出る必要があるし、駅に行けばわりとなんでもあるということで行き当たりばったり感がすごいが駅前に出ることになっている。

「康貴はどこか行きたいところはないの？」

愛沙がこちらを見ずに声をかけてくる。

「ん？　んー、今日はまなみのご褒美みたいなもんだから、まなみの行きたいところがいいけど」

「そうね」

　そう思って俺も愛沙も動きやすい着替えまで持ってきていた。まなみの行きたい場所は基本的に身体《からだ》を動かす場所だ。

「ちょっと電車乗っても大丈夫？」

「ああ、別にいいぞ」

　ただまなみから出てきたのは意外な場所だった。

「あのね、水族館行きたい！」

　一瞬で頭に浮かんだのは、暗がりですごい勢いで迷子になるまなみと、それを捜す俺と愛沙の図だった。

　まなみは前科があるからな……。

「いいわね、久しぶりだし。迷子にならないでね？」

「お姉ちゃん！　もう私だって大きくなってるよ！　そうだよね？　康にぃ？」

「ごめん。俺も真っ先にそれを思い出した」

「もー！」

　ぽこぽこと俺の腕に抗議の意を示すまなみ。

　今日はちゃんと加減ができていた。

「いまは携帯もあるからすぐ連絡とれるでしょ！」

「そうね。流石《さすが》にもうまなみも一人で夢中になって消えたりしないわよね……」

「そうだな。さすがにペンギンの散歩について行っていなくなったりしないよな」

「もー！！！」

二回目の抗議はわりと力が込められていた。

◇

「まじか……」

「思ったより早かったわね……」

到着、発券、入場、そこから五分と保《も》たず、まなみは俺たちの前から姿を消した。

「まぁ……あの子が本気になったら私たちじゃ追いつけないわよね……」

「それはそうなんだけど」

最悪の場合はイルカショーのタイミングで合流、という話はしておいたのでそれは良かった。

館内は電波が繋がりづらく、頼みの携帯も役に立たずだ。

「どうするかな……」

「康貴は、私と二人じゃいや？」

「ん？　そんなわけないだろ」

「そっか」

むしろ二人でもなんでも歓迎ではあるが、今回はちょっと覚悟と準備が足りていないだけだ。

「じゃあ、せっかくならイルカショーまでは……」

「そうだな」

どの道それしかない。

せっかく入ったのだから楽しんだほうがいい。イルカショー会場でいつまでも待つ必要はないだろう。

「まなみは一人でも楽しめる子だから……」

「たしかに」

一人で小さい子に交じってはしゃぐまなみの姿は容易に想像できた。

「行こっか」

「ああ」

自然と、本当に違和感なく愛沙が手をこちらへ伸ばしてきた。

「……私たちまではぐれたら、ね？」

斜め下を見ながら、それでも手だけはこちらに伸ばしたまま愛沙が言う。

「そう……だな」

手を取って二人、館内を歩き始める。

薄暗い室内をまずはどこかで見たことがあるようなないようなといった熱帯魚たちのコーナーをゆっくり歩いていく。

すでにまなみを捜すことは諦めていた。

「康貴、これ昔……」

「あー、懐《なつ》かしい」

エンゼルフィッシュ。

親にねだって一度だけ飼っていた熱帯魚。覚えているのは水換えが大変だったことと、自分が産んだ卵をバクバク食ってた衝撃くらいだが、あの頃は愛沙もようちにきていたから玄関のこいつを可愛《かわい》がっていた。

「また飼う……？」

「いやぁ、あれは世話が大変すぎる……」

「きれいなんだけどね」

「そうだな」

改めて考えると水族館のこの量を世話している手間、ものすごいだろうな……。

そのまま進んでいくとなぜか草木が生い茂る見るからにジャングル感のあるコーナーが現れる。

「康貴、こういうの、好きでしょ？」

バレている。いや男ならなんとなく、こういうのってテンション上がるもんじゃないんだろうか？

淡水コーナーにはでかい魚がうじゃうじゃ混泳していてそれだけでテンションがあがるというのに、探せば木の上にイグアナまでいるというのだからついつい探してしまう。

「まなみもこういうところにいそうね」

「なんかそのへんの木の上にいても違和感がなさそう」

「流石にそれは可哀《かわい》そう……いやないとも言い切れないのが怖いわね」

いやでもイグアナを探しているまなみも、ジャングルに紛れるまなみも、不思議とすんなりイメージできてしまうのが怖いところだった。

そんな他愛《たわい》ない話をしながら、なんだかんだ二人でも話せるようになったことを確認しながら水族館を楽しんだ。

◇

結局イグアナに夢中になっていたらあっという間にイルカショーの時間になった。

「ごめん」

「ふふ。大丈夫、意外と可愛いところがあるなと思って見てたから」

直球でそう言われて気恥ずかしくなる。

なんというか、たまにこうして愛沙は母性のようなものを見せてくるのがずるい。

「まなみを捜そう」

無理やり話をかえてごまかす。

「そうね。まあまなみのことだから一番前にいるだろうけど……」

イルカショーは濡《ぬ》れる。

そのため席は三列目あたりのそんなに濡れない席から埋まっていく。

「あ、康貴にぃーー！　お姉ちゃーーん！」

「やっぱり……」

まなみは半円状に囲まれた観客席のど真ん中の一番前の席を陣取っていた。

「レインコート、買うか」

「そうね……」

二人ともまなみを無理に移動させる気はないので、レインコートを買うという選択で一致していた。

「買ってくるから先に行っててくれ」

「お金」

「今日はまなみへのご褒美《ほうび》だから」

なにか言いたげな愛沙を振り切るように売り場に向かう。後で絶対払おうとしてくるだろうけど。

「あ……」

二人にしたらナンパとかされるか？　いや水族館に男だけで来てるってことはあんまりないか。

ちらっと振り返って確認するがそれらしい様子はなかった。

それでもちょっと急ぎめで買い物を済ませて戻ると、またまなみが消えていた。

「なんで？」

「えっと……係の人について行っちゃった？」

愛沙も混乱しているようだった。

考える間もなくショーの始まりを告げる音楽が鳴った。

「とりあえず、これ」

「ありがとと」

レインコートを渡して席につく。イルカたちが出てきて水をばしゃばしゃこちらに飛ばしてきていた。

「もうこんなに濡れるのか……」

「買っててよかったわね」

まなみがいないなら後ろに下がればよかったのではないかという話もあるが今さらだった。

「みなさーん、こーんにーちはー！」

「あ、あの人」

「どうした？」

「うん。まなみがついていったのあの人だなって」

イルカたちがひとしきりはしゃいでいったあと、ステージのようなところに立ったお姉さんが元気に声を張り上げていた。

「まさか……」

「あの人に……？」

「うん」

となるともう間違いない。

「今日のゲストはイルカちゃんたちもびっくりの可愛《かわい》いいいい子を連れてきちゃいました っ！」

ここのイルカショーは毎回希望者を募って参加させてくれるイベントがある。

普通は小さな子のためのものだが、まなみはギリギリそのラインに乗ったのかもしれない。

見た目というか放つオーラが幼いからな……。

「それでは！　まなみちゃん、お願いしまーす！」

「はーい！」

やっぱりまなみだった。

「じゃあまなみちゃん、右手を上げてくれるかな？」

「こうですか？」

まなみが言われるがままに右手を上げる。

すると前にいた三匹のイルカたちが真似《まね》をするように右ヒレを上げていた。

「そのまま手を振ってー！」

「はーい」

パタパタとまなみが手を振るとイルカたちもパシャパシャと水を叩《たた》くようにヒレを振る。

ほほえましい光景だ。

「上手ー！　そしたら今度はまなみちゃんの好きなように動いてみて！」

「好きなように？」

「イルカさんたちが真似してくれるからねー！」

まなみが笑ったのが見えた。

嫌な予感がしてレインコートのボタンを慌ててしめた。

「わかりました！　えい！」

元気よく返事をしたまなみが宙を舞った。

そのまま空中で後ろ向きにくるっと一回転して着地する。

いわゆるバク宙だ。

「え……」

固まるお姉さん。

どよめく会場。

そして……。

――バッシャーン

見事にまなみの動作をコピーした三匹のイルカたちによって、俺たちはレインコートでは防ぎきれないほどビシャビシャにされてしまっていた。

◇

「たのしかったー！」

あのあともステージで色々と想定外の動きを見せつづけたまなみはショーを大いに盛り上げた。

盛り上がった分、水しぶきは勢いを増した。アナウンスをしていたお姉さんによると通常の五倍は水が減ったらしい。

「びしょびしょね」

「愛沙は……意外と大丈夫そうだな」

「まなみの分も着てたから」

レインコートを三つ買ったのは無駄ではなかったらしい。良かったんだか悪かったんだか……。

愛沙が用意してくれていたタオルで、とりあえず歩くのに支障が出ないように身体《からだ》を拭かせてもらった。

「ありがと」

「準備しといてよかったわね」

頼れるお姉ちゃんだった。

ようやく三人で歩き始めた水族館。

クラゲコーナーをはじめ結構楽しめるところは多かった。

一番興奮したのはイグアナなあたりどうかと自分でも思うが。水族館とは……。

まあいいか。いまはそれより……。

「まなみは？」

「二回目ね……」

まなみが再び消えた。

◆【愛沙視点】

「で、お姉ちゃん、ちゃんと誘ったの？」

「それは……」

康貴がトイレに行っている隙に耳打ちしてくるまなみの言葉に、何も返せなくなっていた。

「もー。なんのために二人にしたと思ってるのさー！」

「ごめんなさい……」

「ま、二人にしようと思ってしたんじゃないんだけど。気づいたら二人ともいなくなってびっくりしたよ！」

まなみの様子を見ていると、気を遣って言ってる感じじゃないのが逆に心配になってしまう。姉として……。

「とにかくっ！　あとはもうお姉ちゃん次第だよ！」

「うっ……」

わかってる。

この夏で、いやずっと前から、私の想《おも》いははっきりしている。

足りないのは覚悟と、勇気だった。

「頑張ってね」

「え？　ちょっとまなみ？」

「えへへ。私はもうちょっと見たいところがあるから、二人でごゆっくり――！」

まったく……。

本当に、ダメな姉だ。

ここまで妹に気を遣わせてしまうなんて。

「頑張ろう……」

花火に誘うだけだ。

屋台もたくさん出るお祭り兼花火大会。

地元民にとっては夏の締めくくりになる一大イベントだった。地元の人間だけじゃなく、色んな所から人が来て駅も大混雑になるんだけど……。

「あんなに誘われたんだから……誘うのだって、いける、はず！」

自分に言い聞かせる。

誘ってくれた人も、こんな気持ちだったんだろうか。

だったらちょっと、申し訳なくなる。

「断られたら……私は立ち直れないかもしれない」

だからここまで自分から何も誘えず、勢いに任せたり、まなみに頼ったりしてきた。

でも、花火大会は夏の最後のイベント。

「頑張らなきゃ……」

不安とプレッシャーに押しつぶされそうになる。

私今、変な顔してないかな……。

でも助けてくれるまなみはもういない。

「どうしよう……」

振り絞った勇気がしぼみかけたところで、康貴戻ってきた。

「ごめん。待たせた……って、まなみは？」

「二回目ね……」

私のために気を遣ってくれたとは言えずそう答えてしまう。

「はぁ……仕方ないか。しばらくまた二人だな」

そう言って笑いかけてくる康貴の、その何気ない表情にもドキドキさせられてしまう。

ずるい……。私はいっぱいいっぱいなのに、そんな余裕綽々《よゆうしゃくしゃく》な表情で……。

そう思った瞬間、なぜか口をついて私はこんな事を言っていた。

「あのね、花火大会あるでしょ？」

「あー」

康貴は曖昧につぶやく。そのとぼけたような表情さえ、私の目にはかっこよくて、可愛《かわい》くて……。

もうだめだ。

好きなんだ。私は、康貴を。

「予定、空いてる……？」

もしもう埋まっていたらどうしよう。

いつも康貴と一緒にいる滝沢《たきざわ》くんとか、女の子も一緒に誘ってたりしたら……。

そうじゃなくてもしかして、後輩の子とかに誘われてたりしたら……。

康貴は年下からは人気だってまなみが言ってたし……それに……。

色んな嫌な可能性が頭をよぎって、離れない。

康貴の答えが聞きたいのに、耳を閉ざしたくなる。

誰にも渡したくなかった。

康貴の答えは……。

「空いてる」

「良かった」

本当に。でもホッとしてる暇はない。

「まなみが行こうって言ってるのか？」

「違う……」

やっぱり康貴に私の覚悟は伝わってない。

頑張らないといけないのは、ここからだ。

「二人で、行かない？」

康貴が固まる。

この返事が、いちばん大事なところだ。

無限にも思える時間、康貴は黙って、そっぽを向いて、赤くなった頬をポリポリかきながらこう言う。

「良《い》いのか？」

「良いから言ってるの！」

「お、おう……」

ついきつい返事をしちゃう。

でも今のは、康貴も悪いよね？　そう思うと口が勝手に動いてしまう。

「で、どうなの？　行くの？　行かないのっ？」

「行く！　行くよ」

……やった。

「じゃ、じゃあ……細かい話はまた、その……」

「ああ……」

「あっ！　お姉ちゃーん！　康《こう》にぃーー！」

見計らったようにまなみが声をかけてくる。

ほんとにまなみには感謝してもしきれない。

私、頑張ったよ、まなみ。

◇

「ほうほーう。二人で花火大会行くことになったんだねー！」

なんだかんだでまなみにもすぐにバレた、というか知っていたかのような態度だった。

「じゃあさ、お姉ちゃんの浴衣《ゆかた》姿、見たくない……？」

愛沙を見ていたせいでその姿に浴衣姿が重なって見えた気がした。なんだこれ……無性にドキドキする。

花火大会、愛沙への誘いはそれはもうめちゃくちゃな数だったと思う。四月当初からわざわざその日を予約しようとする人間があとをたたなかったはずだ。

この地域の人間にとってはそのくらい、この花火大会は大きな意味を持つ。

「えへへー。良かったね、お姉ちゃん」

この場合間違いなく良かったのは俺のほうだろうけどな……。愛沙が数ある誘いをすべて断っていたのだけは知っている。

それがまさか、こんな形で自分に回ってくるとは思いもしていなかった。

「あ、康貴にぃ、ちゃんと浴衣持ってる？」

「ないと思う……？」

「じゃあ当日までに買っておくように！　せっかくお姉ちゃんが浴衣だから合わせないともったいないよ！」

「それは確かに……？」

浴衣か……。

駅前のデパートなら売ってるか。

「いや、もういっそ今行こう！　まだ時間あるよね？」

「今⁉」

「うんっ！　いまなら私たちが選べるし！　ね？」

そう言って手を引くまなみ。

今日はまなみの行きたいところに付き合うつもりではあったけど、これはいいのか？

「行きましょ」

「そうか」

愛沙に確認してこの反応ということは、まなみが今一番行きたいのがそこなんだろう。

おとなしく二人、手を引くまなみについていった。

◇

「なんでもあるね──！」

地元の駅に戻ってデパートに入ると、時期に合わせてくれていたようで浴衣コーナーが設置されている。

まなみがはしゃいでいなくならないように二人がかりで抑えていた。

「にゃははー。だいじょぶだいじょぶ！　今は康にぃの優先！」

「なら良いけど……」

「んー、お姉ちゃんの浴衣って何色だったっけ」

「え？　えっと……多分紺と……ピンクも入ってたかも？」

「そうだそうだ！　じゃあそれに合うようにしないとねー」

女子は買い物が好きと言っていたが、自分のものでなくてもそうなのだろうか。

この様子を見るとそうなのかもしれないと思う。

「お姉ちゃん、これとかどう？　康にぃに似合いそう！」

「そうね。でもここ、こっちのほうがきれいかも」

「あ、いいねー！」

いつの間にかほとんど俺はそっちのけでいくつか候補が絞られていっていた。

まぁ見てても色の違い以外そんなにこだわりが生まれそうになかったので、候補が出てくるのはありがたかった。

「とりあえず康貴、これ、着てみて」

「俺浴衣の着付けとかできないぞ？」

そう言って立ち尽くしていると係のおばちゃんが見計らったように背後に現れる。

「お客さま、こちらでございます」

「え？」

「じゃ、できたら教えてね！」

試着室に連れて行かれる俺と相変わらずああでもないこうでもないと浴衣選びに夢中なまなみと愛沙。

「いいですね。両手に花で」

「あはは……」

「お客様は身長もありますしスラッとしてるので着せがいがありますね」

「いやあ……」

何を喋《しゃべ》っていいかわからない。ただ向こうもプロなので喋りながらもあっという間に着付けを完了させていた。

「もともと男性の帯は結びやすいので、一人でもすぐできるようになりますよ」

「そうなのか」

「当日不安でしたらまたこちらにいらしていただければサービスさせていただきますし」

それはありがたいかもしれない。

なにはともあれ浴衣を身につけることはできたので愛沙たちを呼ぼうとしたが、すでにおばちゃんが二人に声をかけて連れてきてくれていた。

「かっこいい……」

愛沙から漏れた感想にドキッとさせられる。

違うぞ、今のは浴衣に対して言っただけだ。

落ち着け俺。

調子に乗るな。

普段から数々のイケメンに言い寄られている愛沙が俺にその感想を抱くことはないはずだ。

……よし、落ち着いた。

「やっぱり似合うねー！　康にぃ！」

まなみが近づいてきて浴衣の袂《たもと》を触りながら言う。

「落ち着いた色がいいわね、やっぱり」

愛沙もさっきの一言はなかったことにしていつもどおりの口調に戻していた。

最初に着せられたのは黒をベースにしたシンプルなものだった。

良かった。金色で竜とか刺繍《ししゅう》されてるデザインのものもあったけどそういうのじゃなくて。

そうこうしているとおばちゃんが新しい浴衣と帯を持ってやってきた。

「お客様ならこちらもいいかもしれませんね。ベースが落ち着いているので差し色で

……」

「あ、帯だけこっちにすると……」

「いいねいいねー！」

「なるほど。では次はこちらを……」

おばちゃんも交ざって盛り上がってしまっていた。

俺の立場は……いやまぁいいか。

二人が楽しそうにしてくれているのを見てそう思う。

結局その後五着くらい試着したが最初の黒の落ち着いたものを買った。

五着もやってもらう間になんとなく着付けも覚えられたことは良かったかもしれない。

まなみの応援

「今日はバスケか……あいつほんとになんでもできるんだな……」

「たまに血が繋《つな》がってるのか自信がなくなるわね」

そんなことを言いながらも誇らしげな様子が愛沙《あいさ》の表情から感じ取れる。

本当に仲が良《い》い姉妹だな。

「前に野球見に来たときも思ったけど、結構ちゃんとしたとこでやるんだな……」

「もう大会も終盤戦って聞いたし、そのせいかしら」

愛沙と一緒にやってきた市民体育館は、観客席もしっかり備え付けられたしっかりとしたコートだった。

今日はここで二試合行われるとのことだった。うちの学校はその一試合目のようだ。

「予選は学校の体育館でやってたみたいだけどね」

「なるほど」

そんな話をしながら愛沙と一緒に前のほうの席に座る。

野球のときほどではないがそれなりに学校の生徒が見に来ている様子だった。

「どうしたの？」

「いや、こんだけ人いたら知り合いもいるかと思って」

「あー……私が知ってる人はいないけどね」

「そうなのか？」

「ええ。今日は剣道とサッカーも試合みたいだし、吹奏楽も秋のコンクールに向けて準備しなきゃって言ってたわ」

「そうか」

だとすると会う可能性が残ってるのは加納《かのう》と東野《とうの》だが、二人とも一人で応援に来るようなタイプじゃないだろう。

「滝沢《たきざわ》くんは？」

「暁人《あきと》がわざわざこんなところに来るイメージはないな」

それこそバスケ好きの美女と遊んでるとかじゃない限り来ることはないだろう。

いや、その可能性が若干あるのが暁人らしいところではあるな……。

まあ流石《さすが》にいないだろう。

「そっか。じゃあ、私たちだけね」

何故《なぜ》かそう言いながら肩を寄せて手を握ってくる愛沙にドキドキさせられる。

「うちの学校の制服着てるのはちらほらいるけどな」

「うん……まなみが言ってたけど、バスケ部って一年生中心らしいのよね。だから私たちの学年より下のほうが盛り上がってるみたい」

「そうなのか」

「あっ！　ほら、まなみが出てきたわ！」

愛沙が指をさす方向に目を向けると、ユニフォームを着たまなみがコートに出てきていた。

ちょっと大きめのタンクトップがよく似合っているなと思って見ていると……。

「七番か」

「えっ、なになに」

「いや、普通にレギュラーで出るんだなあと」

バスケは普通、四から八までの背番号をつけた選手がスタメンだったはずだ。

当たり前のようにこなしているが助っ人《すけと》がレギュラーで良いのか……？

いや野球のときはクリーンナップだったしまなみがすごすぎるだけか……。

「まなみはすごいでしょ」

「そうだな」

得意げな愛沙が可愛《かわい》かった。

「確かバスケって背番号で大まかなポジションがわかったと思うんだけど……」

しょっちゅう見ているわけではないので携帯で調べる。

「あ、あった」

「どれ？」

愛沙が顔を近づけてくる。

というより、もう頭をぴったりとくっつけてきて画面を覗き込んでいた。

妙な気持ちになる……なんでこんな良い匂いが……やめよう考えるほどまずい気がする。

気を取り直して画面を見ながら愛沙に説明する。

「バスケは背番号が四番からだから、四がキャプテン、五が副キャプテンになることが多い」

「そうなのね。確かに四番をつけてる子は学年が同じだったわね」

流石にキャプテンは二年生らしい。

だが副キャプテンからは一年生か。

あれ？

「三年っていないのか、バスケ部」

「そうみたいね……？」

愛沙と俺が首をかしげていると、後ろから突然声をかけられた。

「この大会は三年生はお休み。本番はウインターカップだからねー」

聞き覚えのあるこの声は……。

「会長さん」

「やっほ。覚えててくれたんだね」

「ええ、まぁ……」

プリクラのとき以来だな……。

相変わらず美人というか、どことなく愛沙に似ているところを感じる。

社交的なようで本質的なところに人を近づかせない雰囲気みたいなものがあるのだ。

「なんかそっけないなぁ。ま、いいか。お二人はデートかな？」

「妹の応援です」

愛沙の口調が外行きの固いものになっている。

「あー、あのスモールフォアードの子か。いい動きしてるね」

すでにアップの始まったコートではまなみも練習に参加していた。

素人目《しろうとめ》に見てもたしかに、まなみの動きの切れは抜群だった。

「助っ人なのにレギュラーで点取り屋を任されるだけはあるってところかな」

「点取り屋なんですか？」

愛沙が会長に質問する。

なんとなく関わりたくない雰囲気を感じていたんだがまなみへの興味が勝ったらしい。

「ああ。背番号七はスモールフォアードがつけることが多い。フォアードはチームの得点源として活躍する。中でもスモールフォアードはパワーフォアードに比べて外側からのシュートも多くなりやすいね。ほら、妹ちゃんがスリーポイントを決めたよ」

「わっ！　すごい！　見てた⁉　康貴《こうき》！」

「見てた見てた」

綺麗《きれい》な放物線を描いて吸い込まれるように決まっていた。

まだ練習だが愛沙のテンションは絶好調だった。

そんな様子を見ていた会長が一言、こんなことをこぼす。

「あれはファンクラブができるのもうなずける活躍だね」

「ファンクラブ……？」

「見てごらん？　バスケの応援じゃなく君たちの妹ちゃんの応援に来ている子も多いってことさ」

そう言って向けさせられた視線の先には……。

「まなみちゃんー！　がんばってーー！」

「高西《たかにし》さんやっぱ可愛い……」

「ユニフォーム姿も天使……」

男女入り乱れた応援団の姿がそこにはあった。

「あんなもんあったのか」

「私も知らなかったわ……」

愛沙ですら知らなかったのか。

「すっかり人気者だねえ。では、おじゃま虫はそろそろ消えようかな」

会長が席を立つ。

「そんなに露骨に安心した顔をされてしまうと少し凹《へこ》むなぁ……まあまたそのうち会うだろう。そのときは仲良くしてくれると嬉《うれ》しいよ」

返事を待たずに会長は観客席から姿を消した。

何しに来たんだ……いや別の場所で見るんだろうけど。

「苦手か、会長」

「そんなに顔に出てたかしら……」

ノーコメントだった。

愛沙は思っているよりも表情をコントロール出来ないというのは他でもない俺を相手に実証されていた。

「あっ！　試合、始まるみたい！」

「ほんとだ」

いよいよ始まりだ。

まなみもコートに出てストレッチをしながらジャンプボールを待っていた。

「始まった！」

愛沙が俺の腕を摑《つか》んだまま前のめりに試合に見入る。

ジャンプボールを制したのはこちら、そしてボールを取ったのは……。

「まなみー！」

「おお、って、はやっ⁉」

ドリブルを始めたかと思うとあっという間に敵陣に駆け込み綺麗なレイアップを決めていた。

「康貴！　見てた⁉」

「見てた見てた」

このペースで喜んでいたら愛沙が壊れるんじゃないかと思うほどまなみは大活躍を見せていた。

「高西さーん！」

「すごい！　スリー決まった！」

「きゃーー！」

愛沙とファンクラブのボルテージが上がっていく。

まなみはすでに前半だけで二十得点をあげ、チームも倍以上の点差で勝っている。

「あれ？　まなみもう出ないのかしら？」

「多分温存だと思う。ピンチになったり、第四クオーターでは出てくると思うけど……」

「そうなの……」

残念そうな愛沙。

だが扱いは完全にエースそのもので、誰が見ても助っ人のレベルを超えているのがさすがまなみだった。

ベンチに戻ったまなみはタオルを首にかけて飲み物に口をつける。ちょうどそこでこちらを見たまなみと目が合った。

「あの子……」

手を振るまなみは元気そうでなによりだ。流石《さすが》にずっと走りっぱなしの競技なので珍しく息はあがっているが……。

「まなみが汗かいて息切らしてるの、久しぶりに見た気がするわ」

「野球とはまた違うなぁそこが」

結局その後第四クオーターで再び投入されたまなみは得点を三十二まで伸ばす大活躍を見せてチームを勝利に導いた。点取り屋……さすがだな。

勝った後に汗だくになりながらも満面の笑みでこちらに両手でピースしてきたのが印象的だった。

花火大会

約束の日はあっという間に訪れた。

「よし。なんとか覚えてたな」

流石にプロのやったものほどではないが、慣れない着付けながらそれなりの形になった、気がする。

「にしても、歩きにくいな……」

家の中で動くだけでも足の動きが制限されていて不便に感じる。これで外に出るとなると下駄《げた》を履く必要があるのでさらに動きにくくなるだろう。

まあ少しずつ慣れるのに期待しよう。

「愛沙《あいさ》は大丈夫だろうか？」

ああ見えて危なかっしいところもあるからな……。

「まなみからわざわざメッセージが来てたのもわかるな……」

内容を思い出す。

『今日はずっとしっかり手を握って歩くこと！　場合によっては腕を組むこと！』

支えになる覚悟はもっておこう。

そうこうしているうちに待ち合わせ場所のバス停についた。

花火大会の日の駅前は大混雑するので家の近くで待ち合わせることにしたわけだ。家に迎えに行っても良かったんだがそれは風情《ふぜい》がないとまなみに止められていた。

「まだ来てないな」

愛沙が集合時間ぎりぎりは珍しい。

まだ駅前まではバスで十分以上の距離ではあるが、ちらほら浴衣《ゆかた》姿の男女や何人かの男女グループを見かける。

「ふう……」

妙に意識させられる。

夏祭りに男女で行くことは、うちの学校では特に、特別な意味を持っていた。

夏休み中に生まれたカップルがほとんど必ず現れるイベントであり、またカップルでない場合はグループで多くの人間が訪れるイベント。

夏休み明けの話題はここで見かけた組み合わせに終始するのが通例だ。

「噂《うわさ》だなんだとかもう、言えないよなぁ……」

当然愛沙くらいの存在であれば、誰かと夏祭りに出てきていないかという話は学年中、いやもしかしたら学校中が注目しているかもしれない。

「新学期が怖い……」

これで付き合っているというのなら潔《いさぎよ》く諦めもつくがそうではない。

むしろ愛沙にとってちょうど良《い》い男避けとして、幼馴染《おさななじみ》の俺が選ばれている可能性だってある。

いやむしろ普通に考えればその方が自然なくらいなんだ。

そうじゃないようにと俺が願っても……。

「まぁ、行くって言ったし仕方ない」

浴衣まで買っておいて着る機会がないのも間抜けな話だ。

うん……よし。

覚悟を決めよう。

そんな大それたものじゃなく、とりあえず今日は楽しむことと、どんな形であれ愛沙が望むことは叶《かな》えようという覚悟だ。

たとえそれが男避けであっても、昔のように話ができたこの夏休みは、間違いなくここ数年で一番充実していた。

そのお礼になればなによりだった。

「それこそ、暁人《あきと》や隼人《はやと》たちの誘いを断るくらいだしな……」

メッセージには恨み節が書き込まれていた。

『こないだの話を聞きたかったんだけど、まあこれが答えだな』

暁人には色々言いたいことはあるが何を言っても無駄というかニヤニヤと受け流されそうなので最低限しか連絡していなかった。

ちなみに去年は暁人に付き合わされてナンパみたいなことをさせられた。

結局本当に女子グループと仲良くなって帰っていくあたりさすがだなと思って見ていたのを覚えている。

俺はついて行っただけだが。

今年もそういうつもりだったんだろうな……。

『お前はそろそろ相手を決めろ』

これだけ返しておいた。

一矢《いっし》報いた気がする。あとが怖いけどまあいい。

次は隼人と真《まこと》だ。

こっちは秋津《あきつ》たちと行くつもりで愛沙とセットで誘ってくれていた。

でもそれは俺が勝手に断った。

愛沙から二人でと言ってくれたんだ。

このくらいは許されるよな？

というわけで断ったらなぜかこんなメッセージが来ていた。

『そうか。頑張れよ！』

「……何をだ？」

と、そろそろ時間だな。

そう思って顔を上げると、ちょうど曲がり角に愛沙の姿が見えたところだった。

「……っ」

なんだ？

なんで俺いま、こんなドキッとしたんだ……。

バクバク跳ねる心臓を必死に落ち着ける。

だめだ、愛沙が近づくにつれて鼓動は速くなる一方だった。

「何よ……」

浴衣姿で髪をあげた愛沙が、顔を赤らめてそう言った。その姿を見て思わず、直視できずに顔を逸《そ》らしてしまった。

◇【愛沙視点】

おかしい。

康貴《こうき》がこっちを見てくれない。

「ねえ」

「おう……」

なんでなの！　浴衣を着たら康貴は釘付《くぎづ》けって言ってたのに！

どうしたらいいのまなみ⁉

「花火、どのへんで見る？」

とにかく話題を繋《つな》ごう。

何としても今日、告白まで持っていくんだ。

来年康貴と一緒に花火に行くのが別の子にならないようにっ！

「あー……無難なとこと、穴場狙いと、現地まで行くの、どれが良いかだな」

「そうね……現地まではこれで行きたくはないわね」

浴衣は歩きにくい。

まなみにはどさくさで康貴にしがみつけるよと言われたけど、正直それどころじゃないような状況だった。

それに人が増えちゃうともうそんな雰囲気は作れないし……。

「だよなー。そしたらまぁ、地元民のメリットを……いやだめだな」

「え？　なんで？」

「人が少ないところを狙ったら絶対学校の奴《やつ》らに見られるぞ」

「そっか……」

康貴は私と一緒にいるの、見られたくないんだった。

「一緒にいるの見られたら愛沙、困るだろ？」

「え？　私？」

私は別に良いんだけどな。

そう思っていると康貴がちょっと迷ったような仕草をしたあと、こう言った。

「いやまぁどこにいたって多少は見られるか……。大丈夫か？」

これって……！

「私は、大丈夫」

「そうか」

慌てて答えた私に康貴はまた考え込みはじめる。

やっぱりあんまり見られたくないのかな。

嫌かな、私と付き合ってるとか言われるの。

そんなことを考えていると突然顔を上げて康貴がこう言った。

「じゃあ、思う存分地元の特権を使うか」

「いいの？」

康貴が顔を上げただけなのにドキッとした自分に驚いた。

自意識過剰かもしれないけど、康貴が覚悟を決めたような顔に見えて、ドキドキしてしまったのだ。

私の言葉に康貴は顔をそむけながらこう答えた。

「だめなら来てない」

「よかった」

康貴は私を避けてるというか、私と一緒にいるのをみんなに見られたがらないなと思ってたけど、今日はそうじゃないみたい。

諦めてるだけにも見えるけど、まぁいい。まなみも言ってたけど、こうやって既成事実を作るのが良いはず！

今日はいける……！

「じゃ、もう周りは気にせず楽しむか」

「うん！」

よし、今日の康貴は大丈夫。

あとは私が頑張るだけ。

「バス停、二つ前でいいんだったっけ？」

「うん。でも、降りれるかしら」

普通みんな終点まで乗るけど、ちょっと道をずれれば屋台はもうその辺りから出てる。

これも私たち地元民ならではの知識だった。

ただ今日はもうバスが混み始めていて降りられるかわからない。

「ま、降りれたらでいいよ」

「そうね」

二人がけの席に座っているから肩はぶつかる。康貴はそんなに嫌がらないから、せっかくならもうちょっとくっつきたい。

「ステージで何やってるか、一緒に見る？」

「ああ、そっかステージがあったか」

毎年花火大会の日は駅付近にステージができて、そこで地元の学生や有志の人たちの出し物がある。

去年はまなみがバトントワリングの応援でステージに上ってたから見たんだった。

「なんかあるか？」

康貴が自然と肩を寄せてきてくれる。

どうせならもうちょっと混んでくれれば、ギリギリまでこうしてくれるのに。そんなことを思っていたら願いが通じたみたいで、結局終点まで降りられるような状況じゃなくなってくれた。

今日はほんとに、運も背中を押してくれてる……！　そんなことを思いながら康貴とお祭りの情報を一緒に調べ続けた。

◇

「いきなりか……」

バスを降りた途端だった。

「お、裏切り者だ」

「どういうことだ」

暁人が偶然バス停の前を通りかかったところで降りてしまったらしい。

「にしても、そういう組み合わせか」

今日は暁人、隼人、真の三人。学校では見かけない珍しい組み合わせだった。

「なんだ……えっと……おめでとう？」

なんかよくわからない勘違いをしてそうな隼人がそう言う。

「俺たちの誘いを断ってということは……だな」

「え？　断ってたの？」

愛沙にバレた。

その様子を見て察した真が手を合わせて謝る動作をするがもはや後の祭りである。

「お前らの思うようなのではまだないからな」

一応そう言っておくが聞く耳持たずだった。

「そういうことにしといてやるよ」

「いま、まだ、って言ってたしな……」

「次に会うときには……」

それぞれなんか言っているがいまは何を言っても墓穴を掘る気がするから黙っておいた。

「隼人たちは秋津とかと行くもんだと思ってたわ」

「あいつは今からステージだからな」

真が答える。

なるほど吹奏楽はそんな感じか。

「ちなみに加納《かのう》は練習、東野《とうの》はこっちも生徒会で見回りだとかで無理だったよ」

「そうなんだな」

で、愛沙はここ、と。

まあこの三人が並んでいたらむしろ逆に女の方から声をかけられそうなくらいだし、暁人もいることを考えるとこのまま三人でというつもりはないだろうな。

「ま、楽しめよ」

「新学期が楽しみだな」

それだけ言うと三人は人混みに消えていった。俺は新学期が怖くて仕方なくなったけどな……。

「そっか。誘われてたのね」

「一応、な」

ここであいつらと一緒の方が良かったかとは聞けない。もしそうだと言われたとき立ち直れる自信がないから。

「さて、もう見られたから逆になんか、吹っ切れた気もするな」

「そうね」

愛沙もふふっと笑っていた。

「私もちょっと、吹っ切れたかも」

「それは良かっ……た？」

え？

なんで抱きついてきた？　いや違う抱きついてきたわけじゃない。腕に絡《から》みついてきたんだ。

「ダメ……？」

「いや……えっと……」

なんだこれ。バクバクする。あれ、もしかしてこの感触……いやダメだやめよう考えちゃダメだ。

「ダメなら、離れるけど……」

「ダメじゃない！」

「……ふふっ」

思わずそう叫ぶと、愛沙はより一層腕の力を強めてきた。

そうなると当然、ふにゅんとした感触も増すわけだが……ダメだ、考えるな、感じろ！

いやダメだそれはもっとダメだ。

「康貴？」

「ああ……」

「とりあえず屋台、行こっか」

「わかった」

なんとか最低限だけの返しをしながら、腕を組んだまま屋台の立ち並ぶ駅前の通りを歩き始めた。

◇

「見て！　りんご飴《あめ》！」

「買うか？」

「んー……一周してから！」

吹っ切れたと言った愛沙は強かった。

どことなく幼さが見えるようになったが、腕にあたる感触も、綺麗《きれい》な浴衣《ゆかた》姿も、幼い雰囲気を相殺《そうさい》するには十分すぎるくらい魅力的だった。

「康貴は何食べたい？」

「んー……焼き鳥とかうまそうだったな」

「良《い》いかも！」

本当に楽しそうにお祭りをはしゃぐ愛沙だが、絡めた腕を離すことはない。

道行く人が愛沙に見惚《みと》れるのがわかるが、流石《さすが》にここまでくっついているのを見て声をかけてくるようなのはいなそうだった。

「焼き鳥、あったよ！」

「一周してからじゃないのか？」

「これはいいの！」

結局手を引く愛沙に振り回されながら、見つけた端から買い込んでいく食い倒れツアーになった。

「あれもか!?」

「そう！　あれもいいの！」

最初は一周と言っていたのはなんだったたんだ……。

「買い過ぎたな……」

「そうね……」

食べながら歩いていたが食べる量より買う量が多くなっていった結果、ついに屋台のおっちゃんが見るに見かねてビニール袋を渡してくれるにいたっていた。

ちなみに袋にはベビーカステラと綿菓子と焼きそばとたこ焼きが入っている。

そして愛沙の両手にはかき氷とチョコバナナ、俺の手にはりんご飴が握られていた。

「一つずついきましょう」

「そうだな……」

どれから片付けていこうか。できたら手に持ってるのを……。

「はい」

「ん？」

愛沙からチョコバナナが差し出される。

俺は両手が塞がってるから当然口に向けて。

「これ食べないと、かき氷のスプーン持てない」

「ああ、そうか」

「あーん」

「ん……」

いや、ああそうかじゃない。スプーンが持てないのと食わされるのは違う。でももう口に入れてしまっていた。

「おいしい……」

　チョコバナナに罪はない。

「ふふ。そっか」

　そう言って自然な動作で俺が口をつけたチョコバナナを頬張る愛沙。

「ん？　ふぉうしたの？」

「咥《くわ》えたまま喋《しゃべ》るな」

　浴衣姿でチョコバナナを咥える愛沙の目にいつもの鋭さはない。本当に無邪気に楽しんでる様子だった。

「んっ！」

「なんだよ」

　チョコバナナを食べ終えると今度はなぜか口を突き出してくる。いちいち妙な気持ちにさせられるので色々勘弁して欲しかった……。

「次はそれ！」

「ああ……」

　りんご飴をじっと見て再び口をこちらにつきだす愛沙。手は空いたはずなのに全く使うつもりはないようだった。

「ほれ」

「んー！」

もうこうなったらこちらも意識してるのが馬鹿らしい。

美味《おい》しそうにりんご飴にかじりつく愛沙を見てそう思う。

いまの愛沙はまなみみたいなもん……いまの愛沙はまなみみたいなもん……よし。

なぜか必死に言い訳するように心の中で唱え続け、なんとか心の平静を保っていた。

◇【愛沙視点】覚悟

「そろそろ行こっか」

「ああ、もう時間か」

人の流れが徐々にお祭りよりも近くの大きい公園に集まっていくのが見ててわかった。

私たちもそろそろ移動しないと、場所がなくなっちゃう。

「どこで見よっか？」

康貴に確認する。多分康貴は他の人に見られないようにするはずだから、どこか考えてるはずだ。穴場スポットならいくつかわかるし、二人でそれを考えるのも楽しいと思う。

でも康貴から出てきた提案は、意外なものだった。

「愛沙さえ良ければだけど」

「ん？」

言い辛《づら》そうにポリポリ頬をかいて目を合わせない康貴。たまに見せるこの顔はちょっと可愛《かわい》くて好き。でも今それをやるのはなんかちょっと……ドキドキさせられてずるいと思ってしまった。

「確実に一番見れて、確実に一番見られる場所がある」

「それって……」

心臓の音が速まるのを感じた。

私の予想が合ってるなら、康貴のこの言葉は告白とほとんど同じ意味を持つ言葉だから。

心臓がうるさい。

落ち着く間もなく、康貴の口から答え合わせが告げられた。

「屋上、解放されてるよな」

「うん……」

合ってた。

私たちの学校は駅の近くで、もちろん屋上からならほとんど遮るものもなく見られるべストスポットだった。

毎年この日だけは夏休み中にもかかわらず屋上を解放してくれている。

そして何より……暗黙の了解でカップルだけの場として学生たちの間では話題になっていた。

——カップル専用シート
その話のおかげで、間違いなくベストスポットの一つである学校の屋上は、他の争奪戦になるスポットとは違う独特の場所になっていた。

「いいの？」

まさかの誘いだ。心の準備ができてない。

というより、頭の整理も追いつかない。

これって実質付き合ってるってことだよね？　まなみ⁉

「愛沙が嫌じゃなければ……」

ここでまた不安そうに目を逸《そ》らしてあの顔を見せる康貴に、さらにドキドキさせられる。

今その顔はずるいと思う……。

「いい！　いく！」

「おっけー。じゃあ向かおうか」

「うん……」

なんとなく腕を組むのはもう恥ずかしくなって、それでも離れたくないから康貴の浴衣の袂《たもと》を握ってついていく。

やっぱり浴衣姿の康貴はかっこいい。まなみが言ってたけど、本当に油断したら取られちゃう気がした。

「歩きにくくないか？」

思わずギュッと握ってしまったせいでバランスが取れなくなったみたい。康貴が手を差し伸べてくれていた。

「ぁ……ありがと……」

本当にずるいと思いながら、康貴の手を取って歩き始めた。

康貴がここまでいってくれたなら、次は、私が頑張る番だ……！

◇

「やっぱりそれなりに人はいるな」

「そうね……」

学校に来る道はやはりというべきか、ほとんどみんな男女のペアになっていてすでに気まずい雰囲気になっていた。

「知り合いは……ありがたいことにいなそうだよな」

「そうね。よく名前がでるメンバーはみんな……」

暁人は遊び人。

隼人はモテるがどうも相手を作る気がないのかなんなのかフリーだ。

真も隼人ほどではなくても人気を集めているが、こちらも相手はいない様子だった。

「女子もか？」

「うん……」

なんだかんだで忙しいメンバーだからな。愛沙の話によると、それどころじゃないらしい。

そんな微妙にぎこちない会話を続けて、ようやく学校までたどり着いた。

「……いくか」

「うん……」

もはや手くらい繋《つな》いでいないと変に目立つほど周囲はいわゆるリア充だらけだった。幸い愛沙もそれを感じ取ったのか、差し出した手をすぐに取ってくれた。

いつもの学校でも、夜に浴衣《ゆかた》で来ると全然違って見える。

「やっぱり、カップルしかいないのね」

屋上に上がり、改めて周りを見渡す。愛沙の言葉通り周りはカップルだらけで、むしろくっついてない俺たちの方が目立つくらいだった。

「あっ！　見て！」

「おー。ちょうどか」

――ドン
一発目の花火が打ち上がり、周囲から歓声が上がったところだった。

「綺麗《きれい》……」

そう言って空を見上げる愛沙に思わず見惚《みと》れた自分がいた。

愛沙の方が綺麗だと、バカみたいな恥ずかしい台詞《せりふ》が頭に浮かんでしまい、かき消すために必死に頭を振って愛沙に不思議がられてしまった。

二人で会話もなく夜空に煌《きらめ》く花火に見入る。たまに盗み見るように愛沙をちらちら見てしまったが、そのくらい今日の愛沙は魅力的だった。

◇愛沙視点

見慣れた学校の景色と、改めて浴衣姿の康貴を見て思う。

私はやっぱり康貴が好き。

康貴と一緒に登校して、康貴と一緒に休み時間を過ごしたいし、康貴と一緒にお昼ご飯を食べたい。

康貴が喜んでくれるなら、毎日お弁当も作りたい。

――ドン

花火は絶えることなく打ち上がり続けている。

「綺麗だな」

康貴がなぜかこちらを向いて言うから、ちょっと変に意識させられて顔が熱い。

「ずっとこうしてたい……」

花火はもう終盤戦。

大きくて派手な花火がひしめき合うように打ち上げられている。

まなみも一緒になってはしゃいで、三人で出かけたり、二人で……その……デート、したり。

そうやっていつまでだって一緒にいたい。

そう思った時、自然と口をついて言葉が紡《つむ》がれていた。

「…………好き」

——ドン！　ドドン！

花火に紛れこませて呟《つぶや》いた言葉は、当然康貴に届くことなくかき消される。

でもこれでいい。

「愛沙？　なんか言ったか？」

良かった。ちゃんと聞こえていない。

「ふふ。何も」

「そうか……」

戸惑った顔で花火の余韻が残る夜空に目を移す康貴。

ここで想《おも》いを打ち明けたら、多分だけど、康貴は私を受け入れてくれるだろう。うん。
そのくらいの自信はある。
そういう雰囲気だとは、思う。多分。きっと。
あれ？　大丈夫かな？　私だけ？
いやいや、じゃなきゃこんなところ、一緒に来なかったと思う。
だけど――
「今のままだとダメ……」
康貴に聞こえないように小さく呟く。
まず第一に、このまま付き合って長続きする未来が見えない。
今はいい。
雰囲気にも後押しされてる。
これだけ周りがカップルだらけなら、私たちじゃなくても嫌でも意識はする。だから、
今はうまくいく。
でも、多分、その先……例えば明日から、私たちはぎこちないメッセージを送り合って
しまうと思う。
そこからなんとなくまた距離が離れて、気づいたら……。

「それだけは、いやだ……」

仮に私が、もし、その先一緒になれないんだとしても、康貴とまた話もできない関係には、なりたくなかった。

「告白は、康貴を完全にその気にさせてから……！」

この夏休み、ずっとレールを敷いてくれたのはまなみだ。

私ががんばれたのは今日、ここに誘っただけ。

それですら精一杯だったんだ。

はっきり言って、まなみの力なしで二人でコミュニケーションを取るのは、まだ無理だと思う。

恨むのはこの十数年、こんなに近くにいたのに話もせずに避けてきた自分だ。

「付き合ってぎこちなくないだけの関係値を、まなみなしでつくる……！」

だから、いまはこれで満足。

なんか本当の意味で、吹っ切れた気がした。

康貴は何を考えてるのかわからない表情で空を見上げている。

はっきり口にしたせいだろうか。

夜空を見上げる康貴の横顔は、なぜか今までで一番かっこよくて、自分の今の気持ちを、いやでも改めて意識させられてしまっていた。

決心

「危なかった……！」

何が危なかったかと言われれば何かよくわからないが、とにかく危なかったんだ。

何回浴衣姿の愛沙《あいさ》を抱きしめたいと思ったことか……。多分人生で一番理性を働かせた日だったかもしれない……。

一夜明けてなお落ち着いていなかった。

そのせいで今日は一日何も手につかず、ベッドの上でこうしてゴロゴロすごしてしまっている。

もう外は暗くなってきていた。

「あそこまでいって……って、思われてるよなぁ」

携帯を見るのが怖い。

今日は一日ぼーっと過ごしていた。

昨日のことを知ったまなみや暁人から何を言われるかわかったもんじゃない。

いや、わかってるからこそ知られたくなかったが、まなみにはもう知られているだろうし、何かしら連絡が入っているだろうことは容易に想像できた。

「屋上だぞ……？　花火大会の日の！」

あれ以上望めることなどない絶好のシチュエーションだった。

「どうせやるならあの日の勢いでやっておくべきだった……」

今後、金輪際、あんなシチュエーションが訪れるとは思えなかった。

「ただなぁ……」

一方で、言い訳のようだが、あのまま告白するべきでないと思ったのも確かだ。

絶対気まずくなる。

なんかわからないけど、勢いだけで言ってその先一緒にうまくやってる未来が見えない。

「というより、まなみの支援なしでろくに会話が弾む気がしなかった……」

情けない話だが、これは多分愛沙も感じていたと思う。

愛沙はこの休みの間にかなり打ち解けてくれたように見えるが、このまま学校が始まればほぼ間違いなく、あの冷たい表情は戻るはずだ。

冷たいのが表情だけだとわかった今でも、俺は学校で声をかけるのはためらってしまうだろう。

「うぅ……」

今から胃が痛い。

だが夏休みを一緒に過ごして気づいてしまった。

「あれは別に、嫌がってたわけじゃない」

なんであんな顔になるのかはいまだによくわからないものの、別に嫌われていて怒られていたのではないことは、この夏休みで十分わかった。

その夏休みがもう終わるのだ。

「花火大会は本来なら最後のチャンス、だよなぁ……」

まなみの家庭教師もない残りの夏休み期間、学校に行くまで愛沙と会う予定はもう、なかった。

だが……時間がないわけではない。

「頑張るか……」

震える手で愛沙にメッセージを送った。

『星が綺麗《きれい》だからちょっと外に出ないか？』

我ながらもう少しなんというか……なんとかならなかったのかと思うが、それでもまあ、決心して送れたことだけは自分で評価してもいいと思う。

まなみなしで話せるかとか、この先気まずくなるんじゃないかとか、そんなもので抑えきれなくなったこの感情に自分でも驚いていた。

あの日の愛沙はそれだけ魅力的で、誰にも取られたくないと思ってしまったんだ。

学校が始まれば嫌でも愛沙との差を感じてしまう。それを気にする相手じゃないことがわかっていても、いまここで、なんとかしたくなった。

『うん！　いく！　ちょっとまってて』

愛沙からの返事は幸いすぐにきた。

「良かった」

これでしばらく返事がなかったらどうやって過ごせばいいかわからなかっただろう。

『準備とかあるから三十分待って』

『わかった。そのくらいに迎えに行く』

『うん！』

そうだよな。

準備とかあるよな。

「その間に俺も、心の準備をしておこう……」

◇

「お待たせ」

出てきた愛沙はこんな時間に突然呼び出したというのに綺麗に髪も服も整えられていた。

「いや、急にごめん」

「大丈夫」

待ってる間に確認した携帯。

まなみからのメッセージはこんなことになっていた。

《メッセージが削除されました》

《頑張って!》

なんか昨日の件で色々書いてたんだろうなあと思いながらありがとうとだけ返しておいた。

今日はまなみの助けはなしだ。

「どこいくの?」

「あー……」

我ながら詰めが甘い……。

星が綺麗だし流星群がどうとかやってるテレビを見て誘ったはいいものの、何も決めてなかった。

　さすがに昨日の学校のような都合のいい場所もない。

　そんな俺を見て、愛沙は嫌がる素振りもせずなぜか笑ってくれていた。

「ふふ。ま、適当に歩こっか」

「ああ」

　愛沙が先導してくれる形で歩き始める。

　しばらく会話もなく、街灯が照らす道を歩き続けた。

　まだ蒸し暑いが、夜風が心地よかった。もう秋の虫も鳴き始めている。

「ありがとね」

　唐突に愛沙が口を開いた。

「突然だな」

　俺の言葉には答えず笑ってこう続けた。

「夏休みね、楽しかった」

「そうか……」

　そう思ってくれてたなら良かったと思う。

「康貴《こうき》は？」

「楽しかったよ、ほんとに」

お互いになにか色々思い出すように、一言一言噛《か》み締めながら歩いているような感じだった。


ぎこちないと言えばぎこちないし、これはこれでなんとなく、心地いい気もしていた。

「来年も遊べるといいわね。まなみも喜ぶし」

「そうだな」

「来年は受験で大変かもだけどね」

「あー……そうか」

なんとなく、愛沙はうまくやるだろうとは思うんだけどな。俺は夏休みからしっかり取り組んでるかわからなかったが。

「今度は私も家庭教師してもらおうかしら」

「逆だろ」

どうやって自分より成績の良《い》い相手に教えろっていうんだ……。

「ふふ」

愛沙は柔らかく笑って、また先導して歩き始めた。

最近歩くたびに手をつないでいたからだろうか、なんとなく開いた距離に逆に違和感が
「良かった」

生まれていた。

その距離を埋めるために呼び出したはずなんだけどな……。頑張らないとと気合いを入れ直していると、愛沙が星空を見上げて話し始める。

「楽しかったなぁ、ほんとに」

「キャンプも久しぶりだったしな」

「あれ！　またやりたいかも？　ボルダリング？」

「ああ、近くにもできる場所あったな」

「そうなのっ？」

愛沙は運動が得意ではないが嫌いなわけじゃないからな。というより、まなみに振り回されて色々やってる分、他の女子よりはアクティブだった。

まなみと一緒にいるとその陰に隠れてしまうだけだ。

「愛沙は泳ぎも結構できるもんな」

「うっ……水着は恥ずかしかった……」

顔を赤らめないで欲しい。俺も色々思い出す。

愛沙のその態度のせいか、俺も変なことを思い出してしまった。

「水着どころか――」

「それはだめ！　忘れて！」

「ああ……」

パタパタと手を振りながら、それでも顔が真っ赤な愛沙が可愛《かわい》かった。

着替えを覗《のぞ》いたことだろうか。それとも温泉のときの……。

「ふふ。バーベキューでみんなと遊んだり、まなみと出かけたりも、私は楽しかったな」

「普段は出ないって言ってたもんな」

「うん……康貴がいたから、行けた」

そんな一言にもドキッとさせられる。

それからも他愛《たわい》ない会話を続けながら、幼い頃よく歩いた道を進んでいった。

「ねえ、康貴」

不意に愛沙が立ち止まって振り返った。

「ん？」

愛沙が足を止めた場所は、昔よく遊んだ公園だった。

「ここでした約束、覚えてる？」

「ここで……どれのことかわからないくらいしたけどな」

「ふふ……そうだったかも」

ほんとに毎日のように俺たちは一緒にいたし、それこそ数え切れないほど色んな話をしていた。

でもまぁ、昨日の今日でここでってなればまぁ、自《おの》ずと答えは見えてくる。

「思い出した？」

「ずっと覚えてたよ」

――大きくなったら結婚して、ずっと一緒にいよう。

「来年もね、ううん、もっとずっと、こうやって過ごせたらって思った」

愛沙の顔が公園の街灯に照らされている。

目をそらしているし、もう顔なんてよく見えないほど暗くなっている。

それでもわかるくらい、愛沙は顔を真っ赤にして言葉を紡《つむ》いでいた。

愛沙が顔をそらすように空を見上げる。

俺も釣られて空に目を向けた。

星が綺麗な夜だった。

「あ！」

「流れたな」

流星群というのも馬鹿にならないなと思った。

「流れ星、願い事叶《かな》えたくて、一緒にずーっと見たの、覚えてる？」

「あのあとまなみが風邪引いたやつだろ……」

「結局そこから全員風邪引いちゃってたもんね」

懐《なつ》かしいな……。

三回も唱えなくても見ただけで願い事が叶うと思っていた。

今だってわりと、流れ星は見ただけで良いことがありそうなものとして捉えている。良い思い出があるからだろうか。

そしてそれは、愛沙も似たようなものだったらしい。

「今何願ったか、わかる？」

上目遣いに聞いてくる愛沙。

「ヒントは？」

「……康貴とのこと」

それだけ言うと、また顔を真っ赤にしてそらした。

「わからないけど、こうだったらいいなってのは……ある」

「言ってみて」

「あの約束が叶いますように……か？」

俺まで顔が赤くなったのがわかった。

目をそらしたままの愛沙が、さらに顔を赤くさせながら、小さくうつむいて返事をしてくれた。

「うん……だから──」

「待った」

「え？」

ここからは俺がやらなきゃいけないと思った。

「俺も、来年も一緒にいれたらって思ってた……あの約束も、叶えられたらいいなって……」

手もつないでいなかった反動か、昨日からの我慢の限界か、気づいたら愛沙を抱きしめていた。

「うん……」

「夏休み、一緒に遊ぶようになって、多分愛沙が思ってるより俺、楽しんでた」

「ふふ……そうなの？」

至近距離で笑う愛沙にまたドキドキさせられた。

「俺は多分、ずっと愛沙のことが好きだった」

「っ……」

愛沙と距離ができたからとか、愛沙が遠くなった気がしたから、勝手に諦めていただけだった。

思い返せばほんとに、愛沙を意識しない日なんてなかったように感じる。

「私だって！　ずっと康貴が……」

そうだったらいいなと思っていた部分もあった。

あの睨《にら》んでいた表情すら、今思うとなんというかこう……愛《いと》おしい気さえする。

あんなに怖がってたのにな……。

あれは多分、俺が愛沙を好きだから、もしあの表情が悪い意味ならって思いが、余計恐ろしく見せていたのかもしれない。

「愛沙」

「うん」

「好きだ」

「……うんっ」

愛沙はぎゅっと顔を俺の肩に押し付けるようにして返事をした。

「私も、ずっと……康貴のことが好きでした」

祝福するように、また一筋、流れ星が空に煌《きら》めいていた。

帰り道

「まなみにだけはお礼を言いたい……かも」

帰り道、愛沙《あいさ》がそんなことを言う。

俺としてもまなみには伝えておいたほうがいいと思う。

あとはあいつらにも……か。

「どうせバレるなら先に言っといたほうがいいメンバーもいると思う」

「あー……」

そもそもクラスの、いや学年をまたいでのアイドルと付き合っていて、隠し通せる気はしない。

仲のいいメンバーにバレるのは時間の問題のような気もする。

「でもその……恥ずかしい、ね？」

顔を赤らめてそんなことを言う愛沙が可愛くて反則だと思った。

「まあそのへんはおいおい考えればいいか」

「うん……」

手はつないだまま、来た道をなんとなく遠回りしながら家を目指す。

「ま、休み明けは愛沙が誰と花火に行ったかとか、この夏どうしてたかとか、結局誰かと付き合ったのかって、学校中の話題のタネだと思うぞ？」

「そんなことないでしょ」

本気でそう思っている顔をしている愛沙を、思わずまじまじと見てしまった。

「え？　本気で？」

「むしろあれだけお誘いやら告白までされてそう思ってなかったのか？」

「だって、私は康貴《こうき》に好かれればそれで良かったから……」

「はぁ……」

好きすぎる。

いやでもそれなら本当にもう少しあの表情をなんとかしてくれさえすれば……いや今さら言っても仕方ない。

今こうして付き合えたのがよかったと思おう。

「康貴はどうしたいの？」

「ん？　付き合ってることをか？」

「うん……」

そうだなぁ……。

「あんまり目立ちたくはないかも？」

言えるなら言いふらしたいくらい愛沙は可愛《かわい》いんだけど、学校生活に支障が出るのは避けたい。

だが俺の答えは愛沙のお気に召さなかったらしい。

「むー……」

「なんだよ……」

「やっぱりちゃんと言おうかな……」

「なんでまた……」

なぜかご機嫌斜めの愛沙が頬をふくらませる。

今の愛沙、どうも幼くなってる気がするな。もう何でも可愛いからいいんだけど。

「だって……ちゃんと言わなきゃ、康貴のこと、取られちゃう」

ぎゅっと腕にしがみつきながらそんなことを言う愛沙が可愛すぎてこちらがどうにかなりそうだった。

「いやいや、誰にも取られないだろ⁉」

「そんなことない。康貴は結構モテるんだから」

「初耳なんだけど……」

じゃあなんで今まで何も音沙汰がなかったんだ……？

「むー！　ちょっと嬉《うれ》しそう！」

「いやそりゃモテるならまあ……」

「私だけでいいでしょ！」

不服そうな顔に反比例するように、物理的な距離はぎゅうぎゅう詰めてくる愛沙だった。

「まあまあ取られないって……」

「むー……康貴は私の……」

こうなるとしばらくちょっと幼児化するな……。

頭でも撫《な》でとこう。

「ほわ……これ、ずっとして欲しかった……」

「そうだったのか？」

「まなみばっかりずるいっていっつも思ってたんだからね！」

「こんなもん頼まれればいくらでも――」

そこまで言ってまた愛沙の表情が不機嫌そうに歪《ゆが》んだのが見えた。

「どうした」

「頼まれてもしちゃダメ……」

「いや、頼まれないだろ」

「……私以外にしちゃ、ダメ」

「ああ……それはもちろん」

「あとは……まなみなら……いいけど」

断腸の思いという感じだった。

「でも今は私だけ撫でて。私のほうがたくさんじゃなきゃ、やだ」

「はいはい」

撫でるたび幸せそうに目を細める愛沙が可愛くていつまでも撫でつづけていた。

◇

「おかえり！　二人とも！」

「あれ？　まなみ……？」

愛沙を家まで送って行くと、なぜか玄関でまなみが待ち構えていた。

「えへへ。私も夏休み最後に思い出づくりがしたくて」

そう言いながらまなみが掲げたのは……。

「手持ち花火セット？」

「うんっ！　私花火大会も行けなかったしさー！」

「そうか……」

花火大会の日も試合してたんだったな。もうどこの部活かあんまり覚えてないくらいたくさん助《すけ》っ人《と》をしてたようだった。

「部活も楽しいんだけど、やっぱり私もやりたかったから……だめ？」

そんな顔をされて断る人間など、ここにいるはずもなかった。

「もちろんいいわよ。でしょ？　康貴」

「ああ」

「やったー！」

喜ぶまなみに二人で顔を見合わせて笑いながら、まなみの方に向かう。

「あの公園で良《い》いかしら？」

「良いと思う」

「行くならちゃんとバケツも持って。火はあるの？」

「ばっちし！」

まなみがフルセットを掲げて俺たちに見せてくる。

だが……。

「『それはだめ』」

「えー！　どうしてー！」

「住宅街でやる規模じゃないだろ！」

最初に見せてきた手持ち花火くらいならともかく『大爆発！　特大打ち上げ花火豪華セット』と書かれたそれは諦めさせた。

絶対通報される。

「それはまた今度な」

「しょうがないなー。じゃあどっか連れてってね！　康《こう》にぃ！」

今までなら二つ返事でオーケーしていたんだが、愛沙がその……彼女になったというなら、妹とはいえ他の女の子と出かけるのはどうなのだろうか。

そんなことを考えているのが愛沙に伝わったのか、笑いながらこう言ってくれた。

そっと、耳元で俺にだけ聞こえるように。

「大丈夫よ。私が好きになった康貴は、まなみのこともたくさん考えてくれる康貴だから」

ずるい……。

「それにまなみのことだから三人で行こうって言い出すわよ」

「ま、それもそうか」

改めてまなみのほうに答えを返す。

「どこにでも連れて行ってやるから今日はこれだけで我慢しとけ」

「はーい。その時はお姉ちゃんも一緒に行こうね！」

そう言いながら俺たちの間に入って二人の腕を取るまなみ。

愛沙は口だけ動かして「だから言ったでしょ？」と得意げに伝えてきていた。

◇

「わー！ 綺麗《きれい》！」

「火ついた花火持ったまま走り回るな！」

「えへへー！」

三人で公園までの道を戻った途端、我慢できないとばかりにまなみが走り出して火をつけて遊び始めていた。

「ねえ、康貴」

「ん？」

まなみが花火に夢中になっている隙に愛沙が声をかけてくる。

「あのね、丁度いいと思うの」

「ちょうどいい……？　ああ！」

まなみに報告するってことか……。

確かに今は絶好のタイミングだろう。

「それでその……どっちから言う？」

「あー……」

「私は康貴から言ってほしいんだけど……」

「いやでも、愛沙のほうが無難じゃ……」

ちょうどよくそこでまなみが走って戻ってきた。

「二人ともはやくはやく！」

「わかったわかった」

一旦有耶無耶《うやむや》になって、そのまま花火を楽しむことになった。

「康にぃ！　これ持って！」

「はいはい……ってちょっと待てこれなんだ⁉」

「なんか色が変わるって書いてあったよー」

「いや違う、なんで五本もいっぺんに渡したのかって」

「火つけるよー！」

「聞け！」

良くも悪くもまなみはいつもどおりだった。

いやそりゃそうか。

いつもと違うのは俺たちだけだろう。

「愛沙！　何本か持ってくれ」

五本もいっぺんに持ってると眩《まぶ》しいやら煙がすごいやらで大変なことになっている。

まなみは俺の花火に火をうつしてすぐ両手に花火を持って走り出したのでもういない。

「えっ……これ？」

「どれでもいいから」

「わかった……あ……」

手が触れる。

もう何度も手をつないだり、さっきは抱きしめまでしたというのに、そんな些細《ささい》な触れ合いでドキドキしてしまう。

「あっ……」

そんなことをしているうちに花火は五本とも消えてしまっていた。

「もう一本、やろっか」

「ああ……」

今度は二本だけ、一本ずつ持ち合って火をつける。

「あっ！　私も火ちょうだい！」

「はいよ」

その様子を見ていたまなみが駆け寄ってきて一緒に交ざる。

「えへへー。私も花火できて良かった」

「まなみが嬉しそうで良かったよ」

「そうね」

三人で静かに花火を楽しむ。

誰が何を言うでもなく、色とりどりの炎に目を奪われていた。

俺は半分くらい、その光に照らされる愛沙を眺めてしまっていた気もするが……。

「あー、もう花火なくなっちゃったねー」

いつの間にか使い切るほど楽しんでいたらしい。

「最後はこれだね！」

そう言ってまなみが取り出したのは、線香花火だった。

「みんなでせーので火をつけようね！」

まなみがそう言いながら線香花火を袋から取り出そうとする。

これが最後……ということは……。

「愛沙。結局どっちが……」

「えっ……えっと……」

愛沙に耳打ちするがそんなすぐに決まるはずもなかった。

「さてとー！　準備できたよ！」

「ありがと、まなみ」

「よーし。負けないぞー！」

まなみが張り切りながら俺たちに一本ずつ線香花火を渡してくれた。

「じゃあいくよ！」

「ええ」

「いいぞ」

「せーの！」

まなみの掛け声に合わせて一斉にろうそくの炎に線香花火を近づける。

「あ、ついた！」

「私のはなんか……地味ね？」

「しばらくしたら激しくなると思うよ！」

そう言うまなみの線香花火はすでにパチパチときれいな火花を走らせていた。

そして俺は……。

「なんかこれ、もう落ちそうじゃないか？」

「あはは！　ほんとだ！」

「おいばか揺らすな⁉」

なぜか火花が飛ぶでもなくやたら火の玉だけ大きくなってしまった俺の線香花火は、もはや風前の灯火《ともしび》だった。

「あ、康貴。良いこと思いついたわ」

「嫌な予感しかしない」

「これ、先に落ちたほうが言うってことで」

「ずるいぞ⁉」

「きゃっ！　ちょっと揺らさないで！　落ちちゃうでしょ！」

理不尽に始まってしまったゲームのせいで負けられなくなる。

真剣な表情で線香花火に向き合うことになった。

「しぶといわね……」

「そっちももう限界じゃないのか？」

俺と愛沙の線香花火はほとんど互角と言っていい状況だった。

俺の花火が火花を出さない割にずーっと静かに火の玉を灯《とも》し続けてるのに対して、愛沙のほうはいよいよ火の玉が大きくなりすぎていつ落ちてもおかしくなくなっている。

「二人とも弱いなぁ」

まなみの線香花火だけがなぜか綺麗に輝き続けていて、一切落とす気配もなかった。

「なんでこんな差が……」

「私は線香花火を揺らしてないからねー！」

「それだけで……？」

「ふっふっふ。私の体幹にかかればこんなこと朝飯前だからね！」

「こんなところでも運動神経生かしてたのか⁉」

相変わらずまなみはすごいな……。

もうまなみに勝てないのは仕方ない。

それは良《い》いとして、問題は愛沙だった。

「頑張れ！」

思わず持ってる線香花火を応援してしまう。

「負けないわ……！」

真剣な表情でじっと線香花火を持つ愛沙。

俺も愛沙もそんな調子で、目の前の花火に夢中だった。

だからまなみがいつの間にか俺たちの方を向いていたことにも、口を開いたことにも気付かなかった。

気付いたときにはもう、その声が耳に届いていた。

「おめでとう、二人とも」

「「え？」」

突然のまなみの言葉に俺と愛沙は思わず同時に顔をあげた。

当然ギリギリの状況だった俺たちの線香花火は動くと……。

「「あっ……」」

「あはは！　私の勝ちー！」

俺と愛沙の前から光を放つものがなくなる。

ろうそくもすでに燃え尽きて、残っているのはまなみの持っている線香花火だけ。

その線香花火が綺麗《きれい》にまなみを照らし出す。

照らし出されたまなみは、今まで見たことないくらい柔らかい笑みを浮かべて、もう一度こう言った。

「おめでとう」

「えっと……」

「ふふ。帰ってきた二人を見たらすぐわかったよ」

「そうか……」

愛沙と目を合わせる。

「あのね」

「うん」

「まなみのおかげで、私はちゃんと、康貴に好きって言えました」

「えへへー。良かった！　お姉ちゃんからだったの？」

「ううん……最初は……」

「俺が告白はした。でもほとんど状況が助けてくれてたし、この夏休みそういう状況をたくさんつくってくれたのはまなみだよ」

いつの間にかまなみの線香花火も終わっていた。

暗くなった公園で、静かにまなみに感謝の言葉を伝えた。

「だから、ありがとう」

「えへへ」

いつもどおり、まなみは笑っていた。

そしてそのまま、いつもの調子でこう言った。

「私もね、康貴にぃが好きだったよ」

「え……」

「もちろん、家族とか友達じゃなく、恋人になりたいし、結婚したいっていう、好きだよ？」

「なっ……」

思わず愛沙の方を見るが、話を聞いてやれと促すだけだった。

「えへへ。言っちゃった」

暗くなった公園では、まなみの表情は見ることはできない。

「でもね。お姉ちゃんも同じくらい好き！」

「……ありがと」

「だからね、二人が幸せになってくれるのは……私……嬉《うれ》しい、あれ？　嬉しい……はずなのに……」

まなみの声が、泣き声に変わっていた。

「ごめんね？　でもね、嬉しいのはほんとで……でも……ちょっとだけ、寂しいみたい」

その言葉を聞いて、俺と愛沙はどちらからでもなくまなみを抱きしめていた。

「えへへ……康貴にぃはもう……そんなことしちゃだめ、だよ？」

泣きながらそんなことを言うまなみに答えたのは愛沙だった。

「寂しい思いなんてさせない。私も、康貴も」

「良いの？　私、康貴にぃのこと、大好きだよ？」

「知ってるわよ……」

「こんなことしてて、康貴にぃが私のこともし好きになっちゃっても……？」

「うっ……そこは……康貴を信じるわ……大丈夫よ。たぶん……きっと……」

そこは言い切ってほしかった。

その様子を見て笑ったまなみは、泣き止《や》んでこう聞いてきた。

「私は、二人のそばにいていいの？」

「当たり前よ」

「当たり前だ」

考えるまでもない。

愛沙のそばにまなみがいないなんて、考えられない。

「家庭教師も、続けてもらうよ？」

「もちろん」

「じゃあその……ご褒美《ほうび》になでなでしてもらっても……？」

「それも……いいわ……」

愛沙なりに葛藤があるようだった。

「あとはえっと……ぎゅってしてもらうのも……」

「まあまなみはほっといてもくっつきにいっちゃうし……」

「膝枕は？」

「それは私がしてもらうまでは禁止っ！」

「あれ？　まだだったんだ。じゃあ早くしてもらってね」

一瞬まなみが得意げな顔になったような気がした。

「手もつないでもらっていいのっ？」

「まなみはそうしてないとどこに行くかわからないし……仕方ないわ」

「えへへ」

よく顔が見えないが、それでもなんとなく、いつものいたずらをする表情をまなみがしたのが見えた気がする。

そしてそのまま、まなみが愛沙にこう言った。

「じゃあ、ちゅーもしてもらっていい？」

「そうね……って、え⁉　ちゅー⁉」

「いまそうねって言った！」

「だめ！　だめよ！　私もしてもらってない！」

「じゃあお姉ちゃんがしてもらってからなら良いの？」

「それは……その……もうっ！　康貴もなんか言って！」

「いま俺に振るのか⁉」

それでなくてもいたたまれなくなっていたというのに。

「あはは。うんっ！　大丈夫だ！」

そう言ってまなみがぱっと俺たちから離れた。

「まなみ……？」

「二人にね、ずっと付き合ってほしいって思ってた」

「……うん」

「でもいざ付き合ったら、私はどうしたら良いんだろうって思いも、あったみたい」

まなみが静かに語る。

「でもね、いまのでわかった。二人が付き合っても、私は今までどおりでいいんだなって」

「当たり前でしょ、そんなの」

「えへへ。ありがと。お姉ちゃん」

まなみは本当にいつもどおりに笑っていた。

「でもお姉ちゃん、私はちゃんと言ったからね？」

「何を……？」

「康にぃが私のことを好きになってもいいのかって！」

そういうとバッと俺の方に飛び込んでくるまなみ。

避けるわけにもいかない、というより速すぎて避けられなかった結果……。

「あっ！」

「えへへ。康にぃ！　ぎゅーだね」

「ちょっと！　離れなさいまなみ！」

「えー、さっき良いって言ったのにー？」

「あれは……その……康貴っ⁉」

八つ当たり気味に愛沙に話を振られる。

確かに不可抗力とはいえ避けきれなかったのは申し訳なかったかもしれない……。

「えっと……ごめん」

「謝られたらほんとにだめなことされてるみたいじゃないっ！」

「じゃあどうすればよかったんだ⁉」

「あははっ！」

まなみがいると俺たちは振り回されっぱなしだった。

「二人とも、おめでとう！」

改めてそう言いながら、今度はさっきと逆にまなみが俺たちを捕まえて抱きしめてくる。

「もう……ありがと、まなみ」

優しく微笑《ほほえ》む愛沙は本当に良《い》いお姉ちゃんだった。

「俺からも、ありがとな。まなみ」

「うんっ！」

まなみが泣いてしまうような付き合いなんて、俺も愛沙もできなかっただろう。

だからこうして、笑ってお祝いをしてくれて、本当に良かった。

「あ、そうだ！」

俺と愛沙を抱きかかえたまままなみが言う。

「お母さんから聞いたんだけど、有紀《ゆうき》くん、二学期から転入してくるみたいだよっ！」

「有紀が……？」

懐《なつ》かしい名前に驚く。

看病のときにもちらっと名前が出ていたな、そういえば。

「楽しくなりそうだねっ！　夏休み明けも！」

有紀によく懐いていたまなみは楽しみだろうな。

かく言う俺も楽しみだった。

あいつは俺にとって、愛沙とまなみの他で唯一の幼馴染《おさななじみ》で、貴重な男友達だったから。

あとがき

お世話になっております。すかいふぁーむです。

この度《たび》は本書をお手にとっていただき誠にありがとうございます。


今回あとがきのページが四ページもあるということで！

ネタバレはしない方向で色々お話できればと思います。

私あとがき読むのが好きで、多分書くのも好きなんだと思います。


まずは本作を応援していただいた皆様にお礼を申し上げさせてください。

こうして無事続刊ができたことも感謝に堪《た》えないのですが、なんと二巻発売前に一巻の重版まで達成できました。

ひとえに応援してくださる皆様のおかげです。ありがとうございます。

他にも色々感謝を述《の》べないといけないのですが後ほど改めて……。

さて、今回の二巻内容、いかがだったでしょうか。

サブタイトルが『疎遠《そえん》だった幼馴染《おさななじみ》が怖《こわ》い』から、『怖かった幼馴染が可愛《かわい》い』へ変化しましたが、しっかりと幼馴染の可愛さが描《か》けていたでしょうか。

素直になれない愛沙《あいさ》と、一歩踏み出せない康貴《こうき》が、まなみの助けを借りながらそれぞれ歩み寄っていくという前巻からの流れそのまま、今回はぐいっと踏《ふ》み込んだ回でした。

この展開になったからこそ、作者個人としてはまなみの健気《けなげ》な可愛らしさがより一層《いっそう》深まっていく気がしており、それがラストシーンにも出てきたかなと思っています。

すでに三巻の準備にも取り掛《か》かっていますが、前巻に引き続き最後に名前だけ登場した新幼馴染や、微妙に宣戦《せんせん》布告《ふこく》しているまなみ、そして花火大会を経て一歩踏み込んだ愛沙がそれぞれ活躍を見せてくれるよう頑張っております。

三巻は夏休み明け、イベントの多い二学期編となるため、クラスメイトたちの活躍にも期待してください。葛坊《くずまち》先生からキャラデザを頂いたときからクラスメイトもガンガン活躍させたいと思っていたので、無事こうして学校編の執筆に取り掛かる段階までこられてホッとしています。

えっとこれで三ページ目でしょうか。

四ページあると色々喋《しゃべ》れますね。何にしよう……。

そう、私は結構昔からラノベ作家になることを夢見ていて、ようやくこの作品の一巻でデビューを果たしました。（正確には別作品が一日前に出てますがほぼ同時です。）

かれこれ十年以上夢はある、という状況が続いたと思いますが、今回なんで刊行まで辿《たど》り着けたかというと、カクヨムのような投稿サイトの登場が大きいと感じています。

私は一人で黙々《もくもく》と十万文字の作品を仕上げていく、という作業が得意なタイプではなかったので、軽い気持ちで、それこそ一話千文字でも投稿できるサイトの存在はありがたいものでした。そして何より、投稿サイトは更新すれば、誰かが読んでくれた足跡《あしあと》であるPVが表示されたり、時には温かい感想や応援をいただくこともあります。

そういった生の反応が得られたことで、気付いたらこうして本になるような作品が出来上がったと感じています。

何が言いたいかというとこの前後に「本書に関するご意見を〜」みたいなページがあるかと思います。担当さんにおねだりしたのできっとあると思います。

面倒でなければ……いや多分ちょっと面倒だと思いますが皆様のお声は作者にとって、特に私のような者にとっては非常に大きな原動力になります。ついでに「アニメ化しろ」

とか「漫画化しろ」とか「百巻まで出せ」とか書いといてくれると、もしかしたらファンタジア文庫編集部にもなにか届くかもしれません。(?)

良かったらぜひ、何卒《なにとぞ》、ファンレターというものをもらったと自慢したいので一言「良かった」とかでも良《い》いので何かしらメッセージをいただけるとめちゃくちゃ励みになります！

さて、そんなことを言っていたらもうページが来てしまいました。

最後になりましたが、葛坊煽《あおる》先生のイラストには今回もやる気を頂きながら取り組ませていただきました。ファンの方もそうかと思いますが、葛坊先生のイラストが付く！というのが大きなモチベーションになっております。ありがとうございます。

そして毎回的確に色々とお話くださる担当編集小林さんをはじめ、様々な方にお世話になりました。校正、デザイン、印刷、営業、販売等……書ききれないですが関わっていただいた全ての方々に深くお礼申し上げます。

そして本書をお手に取っていただいた方々に改めて感謝を。

三巻でもまたお会いできることを願っております。

すかいふぁーむ

お便りはこちらまで
〒一〇二－八一七七
ファンタジア文庫編集部気付
すかいふぁーむ（様）宛
葛坊煽（様）宛

富士見ファンタジア文庫

幼馴染《おさななじみ》の妹《いもうと》の家庭教師《かていきょうし》をはじめたら2

怖《こわ》かった幼馴染《おさななじみ》が可愛《かわい》い

令和2年11月20日　初版発行
令和3年8月20日　再版発行

著者――すかいふぁーむ

発行者――青柳昌行
発　行――株式会社KADOKAWA
〒102-8177
東京都千代田区富士見2-13-3
0570-002-301（ナビダイヤル）
印刷所――株式会社KADOKAWA
製本所――株式会社KADOKAWA

ISBN978-4-04-073951-9 C0193　◆◇◇

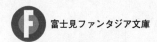

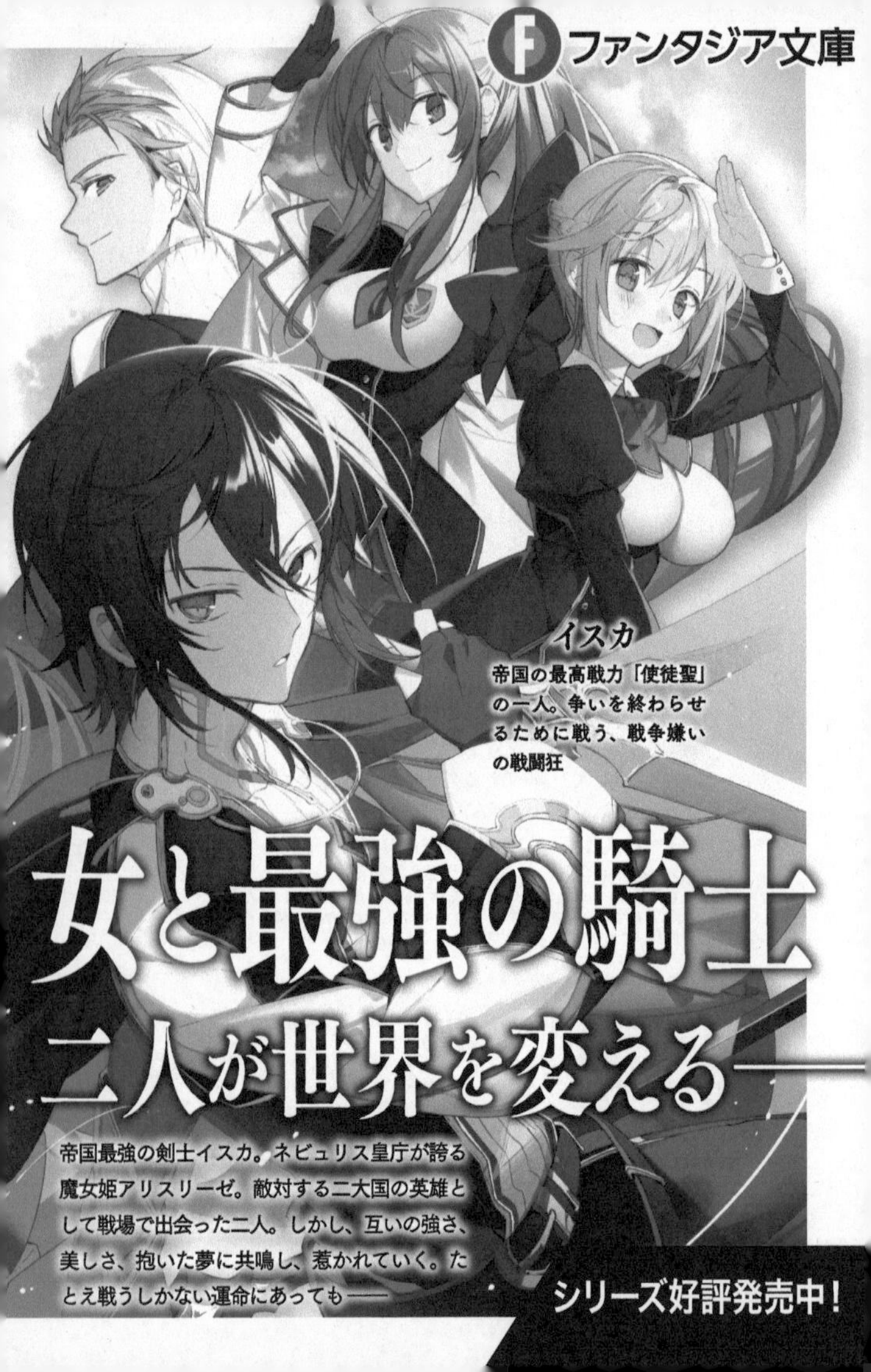
ファンタジア文庫
イスカ
帝国の最高戦力「使徒聖」の一人。争いを終わらせるために戦う、戦争嫌いの戦闘狂
女と最強の騎士
二人が世界を変える――
帝国最強の剣士イスカ。ネビュリス皇庁が誇る魔女姫アリスリーゼ。敵対する二大国の英雄として戦場で出会った二人。しかし、互いの強さ、美しさ、抱いた夢に共鳴し、惹かれていく。たとえ戦うしかない運命にあっても――
シリーズ好評発売中!

ファンタジア文庫
しかも客は「妹になれば、真島が可愛がってくれるんだよね？」
美少女同級生の初葉!?ぐいぐい甘える彼女の距離は近すぎて——
妹になったら…今すぐ好きになってくれるよね！
!!
美少女
バイト
お兄ち
Sister

2人の女子高生と始める、
新しい日常――。
ひまり
家出中のJK。
街で困っていたところを主人公のサラリーマン・駒村に助けられ家に転がり込む。
奏音
駒村の従妹。
ワケあって同居を始める。
見た目は派手だが、
家事が得意な一面も。